文春文庫

武士の流儀（九）

稲葉 稔

文藝春秋

武士の流儀　九

第一章　三行半

一

「ええっ、あの人が越してきたって……」

おのりは倅《せがれ》の大吉《だいきち》に驚き顔を向けると、慌てたように前垂れで手をぬぐい、

「ほんとうに越してきたのかい？」

と、あらためて大吉に聞いた。大吉はうんとうなずく。

「川の向こうってどこだい？」

「あっちの町」

大吉は北のほうを見て指さす。北のほうはおのりの長屋の前を流れる八丁堀の向こうにある町屋だ。すると本八丁堀に前の亭主が越してきたということだ。

「あんた、それであの人に会ったのかい？」

「会ったよ。飴《あめ》を買ってくれた。おとうはなんでも買ってやるっていった」

大吉は嬉しそうな笑みを浮かべ、口に含んでいた飴を見せた。舌の上に溶《と》けて小さくなった飴がのっていた。

おのりはため息をつかずにはおれなかった。力が抜けたように大吉の隣に座り、利《り》八《はち》の心中を考えた。考えてもわからない。

利八とは、おのりの亭主である。ほんとうは離縁したかった。三行半《みくだりはん》を突きつけられたかった。しかし、利八は別れてくれというおのりの申し出を受けなかった。

「なんでわたしがおまえと別れなきゃならない。わたしにはそんな気などさらさらないよ。大吉だっているんだ。易々《やすやす》と別れることなどできないだろう」

別れ話を持ち出したとき、利八はそういって取り合わなかった。しかし、おのりは自分の堪忍《かんにん》もこれまでと腹をくくっていた。

利八にはほとほと嫌気が差していた。しみったれのどケチだというのが、夫婦になってわかったが、大吉が生まれて間もなくまでは我慢していた。子供ができたのだから少しはましになると考えたのだ。ところがそうはならなかった。

大吉の着物も履物も買ってくれなかった。三歳と五歳のときのお宮参りに行ってくれはしたが、千歳飴《ちとせ》も賽銭《さいせん》もなしだった。それではあまりにも可哀想《かわいそう》だからと、おのりが自腹を切った。

家賃も食費も夫婦になってから折半だった。どうして女房のわたしが払わなければならないといったとき、

「ひとつ屋根の下に二人で住んでいるのだから当然だ。それが道理というものだ」

利八は何食わぬ顔でいったのだ。あきれたが、それがことのはじまりだった。米代も酒代も、味噌《みそ》や醬油《しょうゆ》や塩にしても、おかずの納豆や魚や野菜にしても、すべて半分出さなければならなかった。

そんなとき、おのりははたと気づいた。

自分が仕事をしているから亭主はそういうのだと。

だから仕事をやめた。

だが、同じだった。稼いでいたときの蓄えがあるはずだから、そこから出せといったのだ。おのりはそんなことをいう夫を信じられないという顔で見たが、

「夫婦相身互《あいみたが》いだよ」

と、にべもなかった。

大吉には人並みの暮らしをさせてやりたかった。人並みに育てたかった。だから、おのりは再びはたらきに出るようになった。ときには大吉を負《お》ぶって料理屋の仲居をやり、酒屋の配達仕事を請け負った。その稼ぎはすべて子育てと、暮らしにかかる費《つい》えに消えた。

利八は日本橋にある大和屋《やまとや》という薬種屋の番頭だった。相応の実入りはあった。金はあるのに出ししぶり、生計《たつき》の半分をおのりに出させた。

とんでもない亭主だった。夫婦になって一年とたたず愛想を尽かしたが、そのときには大吉を身籠《みご》もっていたので我慢した。我慢したが大吉が生まれてからも、利八のしみったれぶりは変わらなかった。

（いまに別れてやる）

おのりが固く心に誓ったのは、大吉が二つになったときだった。しかし、女手ひとつで大吉を育てていく自信がなかった。だから我慢した。

子育てをしながらはたらき、そしてこつこつと小金をためた。そのやりくりは大変だったけれど、亭主にわからないようにためつづけた。

夫婦の営《いとな》みなどなかった。求められてもおのりは拒んだ。触られるのも近くに寄られるのも気色悪かった。

我慢に我慢を重ねたが、それにも限界があった。離縁してくれといっても無駄だったので、おのりは思い切って告白した。

「別れてくれないなら、わたしと大吉は出て行きます。それでよいですね」

利八はすぐに返事をしなかった。いつになく長々と思案をめぐらしたあとで、

「勝手にしろ」

と、ぶっきらぼうにいった。そのとき、おのりはホッとした。これでこの人と別れて住める。正式な離縁はできないけれど、別れて暮らすことができると安堵《あんど》した。

それが、半年前だった。ところが、その亭主がおのりの住まいに近いところに引っ越してきたという。

「大吉、まさかおとうの家に行ったんじゃないだろうね」

おのりはためしに聞いてみた。

「行ってきた。おとうが教えてくれたんだ。いつでも遊びに来てくれといったよ」

「あのね大吉」

おのりは大吉に体を向けた。

「おかあとおとうは別れたんだよ。あんたはいやかもしれないけど、あの人はもう他人だと思ってもらいたいんだ。わかるかい？」

「………」

「おとうはおかあをいじめる悪い人なんだよ。そんなおとうは、おとうなんかではない。だからもう会わないでもらいたいんだ。おかあのお願いだよ。聞いてくれるかい……」

大吉は小さく首をひねってから、「うん」とうなずいた。

「あんたはわたしがちゃんと立派に育てるから。おとうを頼りにしないでおくれ。わかったね」

「うん。わかった」

二

「あんたも大変だね。女手ひとつで子供の面倒見てるんだから」

心底感心顔をするのは、おのりと同じ店ではたらいているお常《つね》という年増の女だった。

二人が短い休みの間に憩《いこ》いの場にしているのは、勤め先である丸太問屋「伊豆《いず》屋《や》」の裏庭だった。

二人は職人たちの昼餉《ひるげ》の後片づけを終えたばかりで、短い休憩を取っていた。目の前に青々と茂った柿の葉が日の光を受けて瑞々《みずみず》しい。

「別れた亭主から手切れはもらったんだろう」

お常は詮索《せんさく》好きだ。

おのりは詳しいことはいいたくないので、「まあ」と曖昧《あいまい》に答える。じつはびた一文もらっていなかった。

「男なんてみんな勝手だね。自分の都合が悪くなると、何でもかんでも女房に押しつけるんだから。わたしゃずいぶん苦労させられちまったよ。いまも苦労しているけど……」

あーあー、とお常はため息をつく。

「お常さんのお倅はもう仕事をはじめたんでしょ。何をしてるんです？」

「上の倅は大工で、下は左官の見習いに出てる。だから少しは楽になったけど、亭主の稼ぎが悪いから、こうやってはたらくしかないのさ。まあ、苦虫を嚙《か》みつぶしたような顔をしている亭主のそばにいるより、こうやってはたらくほうが気が楽だから」

お常は自嘲の笑いを短くした。彼女の倅は上が十七で、下が十四だった。

「うちの子はまだ六つですからね。はたらきに出すのはずっと先のことです」

「そうかね。五年十年なんてあっという間のことだよ。気づいたときにはずいぶん生意気になっているってぇのが子供さ。あ、あんた」

お常が急に真顔になって見てきた。おのりはその顔をまじまじと見返した。三十半ばなのにずいぶんしわ深く、しみが散っている。化粧もしていないので、十は老《ふ》けて見えた。子供二人を育てた苦労のせいかもしれないと、おのりは勝手に思う。いずれ自分もそうなると考えると、なんだか自己嫌悪に陥る。

「あんたまだ若いんだから、新しい亭主をもらったらどうなのさ。器量もいいんだし、その気になりゃいい男が見つかるんじゃないか」

「そんな、うまくいきませんよ。それに子持ちですから、もらってくれる人なんていませんよ」

「そうかねえ。難しいかねえ……」

おのりはうなずきながら遠くの空を見た。再縁しようと思っても、わたしはできないのだと、頭の隅でぼんやり考えた。もし、いま再縁したら不義の罪になる。三行半をもらっていればいいのに、あの男は頼んでもくれない。

「さ、そろそろ仕事しようか」

お常が立ち上がって尻を払ったので、おのりもあとに従った。

その夜、夕餉の後片づけをしたあとで、おのりはいつものように大吉に仮名文字を教え、頃合いを見計らって、

「今夜はこの辺にしておこう、大分書けるようになったじゃない。上手だよ。おまえは覚えがいいからきっと賢い大人になるよ」

と褒《ほ》めた。大吉は嬉しそうに破顔し、おいらはもっともっと覚えるんだと、やる気を見せる。

「さ、片づけたら先に寝なさい」

大吉が硯《すずり》や墨《すみ》や筆を片づける間に、おのりは灯心引きの支度にかかる。昼間の仕事では暮らしがきついので手内職をしている。

灯心引きは細藺《ほそい》の白い芯を引き出して灯心を作る。手間賃は安いが、少しは暮らしの足しになる。何もしないよりはましだからやっている。

大吉が夜具を敷《し》いて横になると、おのりは灯心引きに精を出す。板壁一枚隔て

た隣の夫婦の会話が聞こえてくる。向かいの家ではいつものように、犬も食わない痴話喧嘩《ちわげんか》がはじまっている。

おのりはそんな雑音をよそに手内職に励む。ときどき大吉を見るが、今夜はなかなか眠りそうにない。

「大吉、来年は手習所に行こうね。たくさん読み書きを覚えたら算盤《そろばん》も習おう。学問を身につけるときっと出世できるから。お店《たな》に奉公してもきっと重宝がられる。そうしましょう。おかあはそれまで必死にはたらいておまえを立派に育てるからね」

大吉はちらりとおのりを見てうなずき、

「おいら偉くなっておかあを楽にさせるよ。きっと」

と、小さな声でいった。その目は真剣だった。

思いもよらぬことを言われたおのりは胸を熱くした。まさか、そんなことを大吉がいうとは思わなかった。それだけ成長したということだろうか。大吉は母親の苦労を身近で見ているから、そう思っているのだろう。

「そうしておくれ。きっとだよ」

大吉はうんとうなずいて目を閉じた。

いつしか長屋は静かになっていた。まだ夏の初めだが、どこかの家で風鈴を吊したらしく、ときどきちりんちりんと涼しげな音が聞こえてきた。

おのりは大吉の寝顔を見て内職仕事に戻る。どうしてこんな苦労が自分についてまわるのだろうかと思わずにはいられない。

おのりの生家は小さな小間物屋だった。幼い頃から店の稼ぎがよくないのは肌で感じていた。それでも三度三度の食事は食べられたし、人並みの暮らしはできた。

店奉公に出たのは十五のときだった。それが、日本橋の薬種屋「大和屋」だった。その店に亭主の利八は手代として勤めており、おのりが十八になったとき番頭になった。

嫁にしたいといわれたのはそのときだった。おのりは躊躇《ためら》いはしたが、相手は番頭だから、将来の不安は消えると思った。

もし、利八が暖簾《のれん》分けをしてもらったら、自分はお店のおかみになるという夢も見た。十七という年齢差はあったが、歳は気にならなかった。

「よろしくお願いいたします」

返事をしたのはその日のうちだった。

ささやかな祝言《しゅうげん》を挙げて晴れて夫婦となった。それを待っていたように父親が病に倒れあっけなく死んだ。母親一人になったが、その母も半年後に流行病《はやりやまい》にかかって死んだ。

利八が本性をあらわしたのはその頃からだった。大和屋から相応の給金をもらっていたはずなのに、いざ費えとなると金を出ししぶり、まだはたらきに出ていたおのりの金をあてにするようになった。

（どうしてあんな男に引っかかったのかしら……）

いまさら後悔してもはじまらないが、利八の嫁になったのが運の尽きだった。そのことを思うと、我知らず深いため息が出る。

そのとき、ふと昼間お常にいわれたことを思い出した。

――あんたまだ若いんだから、新しい亭主をもらったらどうなのさ。

そんな気などなかったが、おのりは自分の歳を考えた。二十四になっているが、まだ十分に再縁できる年齢である。ほんとうにいい相手がいれば、添ってもよい。

（だけど……）

おのりはすぐに否定した。同時に利八の顔が頭の隅にちらついた。

再縁などどうでもいいけれど、三行半がほしい。きれいさっぱりと縁を切りたい。離縁状がないかぎり、おのりは重い枷《かせ》を掛けられている気がしてならない。

（そうだ）

手内職の手を止めて、壁の一点を見つめた。離縁状を書いてもらおう。いまなら書いてくれるかもしれない。そのためには一度会わなければならない。

（会いたくはないけど、明日にでも……）

三

「では、行ってまいる」

桜木清兵衛《さくらぎせいべえ》は妻の安江《やすえ》にそういって玄関を出ようとしたが、ふと立ち止まって振り返った。台所にいた安江が気配に気づいて顔を向けてくる。

「何か……」

「いや、用はないかなと思ったのだ」

ときどき出がけに用をいいつけられるので清兵衛は聞いたのだった。

「今日は何もありませんわ。あまり遅くならないでくださいまし」

清兵衛は「ああ、わかっている」と答えて、本湊町《ほんみなとちょう》の自宅を出た。表に出て大きく息を吸い吐く。青々とした空が広がっている。しばらく雨がつづいていたので気分がよかった。鶯《うぐいす》の声が聞こえれば、燕《つばめ》たちも楽しそうに飛び交《か》っている。

さてさて今日はどこをまわろうかと、頭の隅で考えながら足を進める。日課になっている散歩は自由気儘《きまま》である。どこへ行って何をするというあてもない気楽さはあるが、少々退屈だという気もする。

それでも日がな一日家にいれば気分がすぐれないし、長年連れ添っている安江とつまらぬことで些細《ささい》な口論になることもある。そうなると、先に口をつぐむのは清兵衛である。口では妻には勝てぬ。

先だってもそうだった。清兵衛が羽織《はおり》の紐が見つからない、いつも同じところに置いておかぬから手間取るのだ、勝手に置き場所を変えるなと苦言を呈すると、二番目の小抽斗《こひきだし》に入れてありますといって、あなた様がそうしろとおっしゃったのですと言葉を返された。そんなことをいったかなと首をひねると、いつもあなたは人に指図をしたあとで忘れる。若いときから変わりませんねと一言付け足された。

わたしは一度いったことは忘れないと言葉を返すと、そんなことはない、自分でいっておきながら、他人のせいにする悪い癖があると目を厳しくし、上役の村《むら》田《た》様の娘御の縁談が決まったので祝いを持って行かなければならないから、何か気の利いたことを考えておけといった矢先に、ああ、やはり自分で何か考えて都合しようといった。ところがそれを忘れて、わたしのせいにして、どうして考えてくれなかったのだと責めたという。

もうそれは二十数年前の話だ。清兵衛はとっくに忘れている。そんなことを申したかといえば、おっしゃいました、忘れるなんて無礼ではございませんか、他にも似たようなことはありますと目を三角にし頭に角《つの》を生やし、昔のことを持ち出す。

清兵衛はそのほとんどを忘れている。話は羽織の紐のはずだったのに、妻は別のことを持ち出して叱責する。そこでまた言葉を返せば険悪な口論となるから、清兵衛は黙り込むしかない。

「亭主は辛いものだ」

独り言を漏らして苦笑しながら立ち止まったのは、他家の垣根の前だった。石榴《ざくろ》の木がのぞいており、赤い花が日の光に鮮やかだった。石榴の実はいびつな形をしているが、実のなる前に咲く花は可憐である。

足を進めてその家の隣の庭をのぞくと、合歓《ねむ》の木があった。花芯部が白っぽく可憐な薄紫の花はなにかの虫か鳥に似ている。はて、なんに似ているのだと考えるがわからない。垣根は皐月《さつき》で剪定《せんてい》がされている。皐月の花もきれいで心を和《なご》ませる。

ここで一句と考えるが、気の利いた句は浮かんでこない。そのままぼんやりと考えながら歩きつづけ、はたと気づけば湊稲荷のそばまで来ていた。

(なんだいつもと同じ道であるな)

自分であきれると同時に、稲荷橋際にある甘味処「やなぎ」が目に入る。茶は家で飲んだばかりだが、早くもひと休みしようと緋毛氈《ひもうせん》の敷かれた床几《しょうぎ》に座ると、

「あら桜木様、こんにちは。今日はどちらへお出かけですか?」

と、笑顔を振りまいて店の娘おいとがやってきた。決して美人ではないが、人あたりのよいふっくらした顔は好感が持てる。

「うむ、いまそれを考えていたところだ。それにしてもこの季節は花が多くて気持ちが和むな」

「ええ、ほんとうに。紫陽花《あじさい》もたくさん咲いていますし、菖蒲《しょうぶ》の花もきれいです」

「そうか菖蒲か。どこに行ったら見られるだろうか。茶をもらおう」

はいはいと返事をしておいとは店の奥に下がり、すぐに茶を運んできた。

「菖蒲は日比谷町の中沢《なかざわ》様のお屋敷にたくさん咲いています。わたし、ときどき塀の隙間からのぞき見るんです」

「ほうそんなに咲いておるか」

「中沢様のお庭に池があって、そのまわりにたくさん咲いていていてそれは見事です」

「そういわれると見てみたいものだ」

「あんまり長く見ていると、怪しまれますからお気をつけください」

おいとはひょいと首をすくめて笑う。

日比谷町はすぐ目の前にある稲荷橋をわたった先にある町屋だ。おいとの口調から中沢家はおそらく武家なのだろう。あとでのぞきに行ってみようと、清兵衛は茶を飲みながら考えた。

のんびり茶を飲んで「やなぎ」をあとにすると、稲荷橋をわたって日比谷町に入った。武家の屋敷は多くないからすぐに見つけられると思ったら、案の定、中沢家と思われる屋敷があった。板塀をめぐらしてあるさほど大きくない屋敷だった。

塀の隙間から庭をのぞくことができた。少しつま先立つと、庭がはっきり見える。小さな池があり、その周囲に見事な菖蒲の花が群生していた。

（これはたしかに美しい）

清兵衛はつま先だったまま、日の光を浴びる紫の菖蒲に見入った。我が家にも庭があればと思うが、望むべくもないことだ。

まあこうやって旬の花を見ただけでよしとしようと思い中沢家を離れた。通りの西へ足を向けた。しばらく行ったところで足を止めたのは、長屋の路地から出てきた女が立ち止まり、すぐに引き返し、また長屋の路地をのぞき込んだからだった。

まだ若い女だ。二十歳《はたち》は過ぎているだろうが、それでも二十三、四に見える女だった。前垂れを片手で丸め持ち、手拭いを姉さん被《かぶ》りにしている。

商家の女中にも見える。それとも長屋のおかみだろうか。女は躊躇《ためら》っている様子で、また長屋の路地に入った。

清兵衛が足を進めて長屋の木戸口に立つと、女は一軒の家の前にいた。半開きになっている戸口から、家のなかを盗むようにのぞき見てはくるっと背を向けた。そのとき清兵衛と視線が合ったので、女はうつむいた。

（何をしているのだ）

不審な行動である。元町奉行所の与力だった清兵衛は訝《いぶか》しむ。

しかし、女は思いを吹っ切ったように、のぞき込んでいた家の前から離れ、清兵衛のいる木戸口に戻ってきた。軽く会釈をして横をすり抜けて去った。

清兵衛は後ろ姿を見るだけに止め、そのまま通りを歩き本八丁堀二丁目の角をまわり込むと、今度は河岸道を辿るように後戻りした。

急に新川に行って酒を買おうと思い立ったのだ。隠居の暇な身だから自由気儘である。

と、さっきの長屋の前ですれ違った女が反対側から歩いてきた。急ぎ足で中ノ橋をわたっていく。

何やら慌てている様子である。暇な清兵衛は気になる。気になるからあとを尾《つ》けるように追った。女は橋をわたると、南八丁堀五丁目にある長屋に入った。

木戸口でのぞき見ると、女は一軒の家の前で子供に何やら話しかけていた。子供はうんうんと素直にうなずいている。それから急いで女が戻ってくるので、清兵衛はすっと身を引いて背を向けた。

女は清兵衛には気づかずに、小走りに河岸道を東へ向かい高橋《たかばし》をわたって姿を消した。

おかしなことだと思って見送っていると、そばに子供が立っていて、不思議そうな顔で清兵衛を見あげていた。

四

「坊や、この長屋の子かい？」

男の子はうんとうなずいた。年は五、六歳だろうか。くりっとはっきりした目が澄《す》んできれいだ。穢《けが》れのない純真さそのものだ。

「さっきのは坊やのおっかさんかい？」

男の子はうんとうなずく。

「それじゃ一人で留守番でもしているのか……」

「いつもそうだよ」

「ほう、感心だね。おっかさんは何をしているんだい？」

「はたらいている」

男の子はあっちでと、指を差す。さっきの女が去ったほうである。

「名は何という？　おじさんは桜木清兵衛という者だ。あやしい者ではないから心配はいらぬ」

「……大吉」

男の子は少し躊躇ってから答えた。

「縁起のいい名だね。おとっつぁんも仕事に行っているんだね」

大吉は首を少しかしげて、そうですといった。歳を聞くと六つだと答えた。大吉は問いかけには素直に答えるが、話ははずまない。両親が留守の間何をしているのだと訊ねると、友達と遊んだり、長屋で遊んでいると答えた。

母親のことが気になったが、清兵衛はその場で大吉と別れて、南八丁堀の町屋から木挽町《こびきちょう》へまわり、それからぶらぶらと歩き、築地本願寺の境内で鳩《はと》を眺め、日が傾いた頃に家に帰った。

なんてことのない代わり映えのしない日だが、それは毎日のことだ。晩酌を終えた頃には、その日見かけた大吉の母親のことも忘れてしまった。

ところが翌日も大吉の母親を見たのだ。それは昨日買い忘れた酒を買いに行くために、新川に向かう途中のことだった。

亀島川に架かる高橋をわたったところだった。大吉の母親が伊豆屋という丸太問屋から出てきたのだ。

「すぐに戻ります」

と、大吉の母親は店の者にいって小走りに高橋をわたっていった。清兵衛には気づいていない。暇な清兵衛はまたもやあとを尾けた。

(おれも暇なものだ)

と、内心で苦笑する。

大吉の母親は倅が留守番をしている自宅長屋ではなく、昨日訪ねて行った本八丁堀の長屋に入った。昨日はさんざん躊躇っている様子だったが、今日は思い切って昨日の家に声をかけて姿を消した。

(まさか男か……)

清兵衛は勝手に勘繰《かんぐ》った。大吉の父親ははたらきに出ているはずだ。こんな長屋に母親が来ることはおかしい。

木戸口から長屋をのぞくと、奥の井戸端で一人のおかみが洗濯をしているだけで、いたって静かだった。仕事に出た亭主連中がいないからだろう。

「頭を冷やして出直してこいッ。わたしはおまえの勝手を仏心で聞いてやったのだ。そんなこともわからずに、いきなりやって来て……」

高ぶったような男の声が聞こえてきた。

「無理をいっているのではありません。お願いですから」

女の声もした。必死に訴えるようなひびきがあった。大吉の母親のものだ。

清兵衛には二人がなんの話をしているのかわからないが、揉め事が起きているらしい。

「そんなもんすぐに書けるものではないッ。朝から迷惑な話だ！　出ていけッ！」

その声に押されるようにして、大吉の母親が戸口の外に出てきた。そのまま家のなかに顔を向けて、

「どうしても書いてほしいのです。お願いいたします。また明日にでも来ます」

大吉の母親は頭を下げて清兵衛のほうに戻ってくる。泣きそうな顔でがっくり肩を落としていた。井戸端にいたおかみが何事だろうかと見送っている。

大吉の母親はしおたれた顔で、小さなため息をつきながら、木戸口のそばにいる清兵衛の脇を通っていった。

清兵衛はそのまま見送ろうとしたが、「しばらく」と声をかけた。大吉の母親は立ち止まってゆっくり振り返った。

「何かお困りのようだが、いかがされた？」

大吉の母親は一度まばたきをして怪訝《けげん》そうな顔をした。

「わたしは桜木清兵衛と申す者。大吉の母親でござろう」

母親は目をみはった。

「どうして大吉を……」

「うむ、ちょっと知り合って話をしただけだが、そなたが母親であろう」

「はい」

母親はちょこんとお辞儀《じぎ》をした。

「何があったのか知らぬが、困り事があるなら相談に乗ってもよい。わたしはあやしい者ではない。本湊町に住んでいる隠居であるが、少しは人の役に立つ者だ。遠慮はいらぬ」

「はあ。でも、内々のことですから……申しわけございません」

母親はもう一度頭を下げて歩き去った。清兵衛は強引に引き止めるわけにもいかず、そのまま見送る形になった。

大吉の母親が角を曲がって見えなくなると、清兵衛は目の前の長屋に入った。彼女が訪ねた家の戸は閉められていたが、腰高障子に利八という文字が書かれていた。職名がないのは職人ではないからだろう。

（利八……）

いったいどんな関係なんだろうと思った。いきなり利八を訪ねるわけにもいかず、清兵衛はそのまま長屋をあとにした。

清兵衛は中ノ橋をわたったところで、橋の袂《たもと》に置かれている床几に座っている大吉に気づいた。ぼんやりした顔で八丁堀を眺めている。ちょうど一艘《そう》の空舟《からぶね》が橋をくぐって大川へ下っていくところだった。

「大吉」

声をかけると、ひょいと大吉が顔を向けて小さく笑った。

「何をしているんだい？」

「川を見ているだけだよ」

「今日も留守番かい？」

大吉はうんとうなずく。清兵衛は隣に腰をおろした。

「よい天気だね。もう雨は降らないだろう。これからは日毎に暑くなる夏だ」

大吉は小さくうなずき、清兵衛をまじまじと見る。きらきら光る水面の照り返しが、大吉の顔を照らしていた。

「おっかさんは丸太問屋に勤めているんだね。さっき見かけたんだ」

「伊豆屋ではたらいているんだ。夜は内職もするんだよ」

「ほう、はたらき者だね。おとっつぁんはどこに勤めているんだ?」

「日本橋」

「日本橋のお店かい?」

「大和屋というお店。薬を売っているんだ」

薬種問屋か生薬《きぐすり》屋なのだろう。清兵衛は勝手に想像する。

「大吉も留守番ばかりで大変だね。友達とは遊ばないのかい?」

大吉はときどきといって足をぶらぶらさせる。

「おとっつぁんとおっかさんは仲がいいんだろ」

清兵衛はかまを掛けてみた。大吉はうつむいて首をひねり、

「おとうはいないんだ」

と、淋しそうな顔をした。清兵衛は父親が死んだのだと思ったが、まさかそんなことは聞けない。

「……いっしょに住んでいないのか?」

大吉はうんとうなずく。なぜだと、清兵衛は内心でつぶやく。

「それじゃおとっつぁんはどこいるんだ?」

大吉は顔をあげてあっちと指を差す。八丁堀の対岸の町屋だった。

すると、父親は死んではいないということだ。

清兵衛はひょっとすると、その父親は大吉の母親が訪ねて行った長屋に住んでいる利八ではないかと思った。

「おとっつぁんの名前はなんというんだね？」

「……利八」

やはりそうだった。

「おっかさんの名前は？」

「……のり」

五

「どうやら離縁しているらしいのだ」

清兵衛は家に帰って、大吉から聞いたことと、おのりが別れた亭主の家を訪ねたことを安江に話したところだった。

「あなた様も暇でございますわね。人それぞれですからあまり立ち入らないほうがよいのではありませんか」

安江は洗濯物をたたみ終え、額《ひたい》に浮かんだ汗を手拭いでぬぐった。

「ま、そうであるな」

「今夜は何を召しあがりますか？　さっき、魚屋さんが来たので鯵《あじ》の開きを買ってありますけど」

「それはいい。楽しみだな」

清兵衛はそう応じた矢先に、今日も新川に行くのを忘れたと気づいた。新川は酒の集散地で、とくに上方から下ってくる酒がうまい。明日こそは買いに行こうと思い決める。

日が暮れると、鯵の開きを焼いてもらい、買い置きの酒をちびりちびりはじめた。鯵は脂が乗っていてうまい。大根下ろしは別の小鉢に山盛りにしてある。これは清兵衛の好物のひとつだ。ほろ酔いになると、また大吉と母親のおのりのことを思い出した。

「それにしてもおのり殿は、離縁したのになぜ利八という元の亭主の家を訪ねたんだろう。何か書いてもらいたいふうであったのだ」

「さあ、なんでしょう。わたしも少しいただこうかしら」

居間で晩酌をしている清兵衛のそばに安江がやって来て猪口《ちょこ》を差し出した。清兵衛は酌をしてやった。

「おのり殿は必死に頼んでいたようだが、迷惑だといって利八は撥《は》ねつけていた。そうだ、おまえの勝手を仏心で聞いてやったとも言ったな」

清兵衛は猪口を宙に浮かしたままつぶやく。

「お金でしょう。手切れのお金でも無心されているんでしょう。だって、大吉という男の子をおのりさんは引き取っているんでしょう。子育ては大変ですから」

「そういうこともあるだろうな」

清兵衛はそういったあとで、「あ」と目をみはった。

「いかがなさいました？」

「金ではないかもしれぬ。そうだ、利八はそんなもんすぐには書けない、朝から迷惑な話だと、たしかそういったのだ」

「お金でなかったら、なんでしょう。でも、他人の家のことですよ。下手に首を突っ込まないほうがよいのではありませんか。煮物も出しましょう。空豆を煮たのです」

「もらおう」

おのりと利八の話はそれで終わりになったが、清兵衛は床《とこ》に就《つ》いてから、おのりが利八の長屋を出るときにいった言葉を思い出した。

――どうしても書いてほしいのです。お願いいたします。また明日にでも来ます。

おのりはたしかそんなことをいった。それは必死の訴えに聞こえた。

いやいや、これは放っておけることではない。もし、間違いでも起きたら大変だ。なによりおのりと利八には大吉という可愛い子がいるのだ。

（うむ、放ってはおけぬ）

清兵衛は内心でつぶやいて目をつむった。

翌朝、朝餉を終えるとすぐに清兵衛は家を出た。長雨が過ぎたあとは晴天つづきで、その朝も清々しい空が広がっていた。安江はいつもより早く散歩に行くという清兵衛に、

「天気がよろしいですから、どうぞごゆっくり」

と、何も疑わずに送り出してくれた。

清兵衛はまず利八の長屋に向かった。その長屋が公助店《こうすけだな》というのはそのときに知った。亭主連中が出払ったあとの長屋は静かで、井戸端で三人のおかみが洗い

物をしながらかしましくしゃべっては、笑い声をあげていた。

利八の家は戸が閉まっており、人の気配がなかった。おそらく出かけたのだろう。行き先は大和屋という薬屋である。利八のことを調べておくべきだと思った清兵衛は、そちらにまわることにした。

大和屋は通《とおり》三丁目にあった。間口三間ほどの中規模の店だった。利八の顔は知らないので、表に出てきた小僧にさりげなく声をかけた。

「訊ねるが、この店に利八という男がいるはずだが存じておるか？」

「利八さん……番頭さんでしょうか？」

「ああ。たしかそうだったはずだ」

よくわからないので清兵衛は話を合わせる。

「番頭さんでしたらもうおやめになりました」

「なに。もういないのか？」

「ええ、二月ほど前におやめになりました」

「二月前に……。利八は他にはおらんのだな」

「他にはいらっしゃいません」

すると利八は仕事をしていないのか。それとも別の店に勤め、昨日はたまたま休みだったのかもしれぬ。清兵衛は勝手に考えてきびすを返し、おのりの長屋に向かった。おのりは当然いなかったが、大吉が居間で習字の稽古をしていた。仮名文字である。

「感心だな。手習いをやっているのか」

戸口から声をかけると、大吉がひょいと顔を向けてきた。

「おかあが教えてくれるんだ」

「それはまた、ますます感心であるな。おっかさんは仕事かい？」

「うん」

清兵衛は家のなかを一眺めした。大吉が習字の稽古をしているので半紙が散っているが、掃除は行き届いている。おのりの内職道具らしい藺草《いぐさ》の束が隅に積んであった。

「おじさん、なにか用があるの？」

大吉が筆を持ったまま怪訝そうな顔をする。

「いや、近所まで来たのでちょいと立ち寄っただけだ」

清兵衛はそういって長屋を出た。一度空をあおぎ見て、中ノ橋をわたり利八の長屋を訪ねたが、家の戸は閉まったままだった。長屋を出ると近くにある茶屋で暇を潰した。おのりはまた利八を訪ねるはずだ。昨日そういったからきっと来るだろう。

おのりがいつ来るかわからないが、清兵衛は待つことにした。

(それにしても、これを物好きというのだろうか)

清兵衛は茶を飲んで苦笑する。

小走りでやってくるおのりを見たのは、それから一刻ほどたったときだった。一度長屋の木戸口で立ち止まり、汗を手拭いで押さえ呼吸を整えて路地に消えたが、目あての利八がいないからすぐ表に出てきた。なんだか気落ちしたような顔でそのまま歩き去った。

清兵衛は声をかけずに見送り、

「さて、どうするか……」

と、床几から立ちあがった。

安江に注意されたように、首を突っ込まぬほうがよいだろうと思う。そのとき新川で酒を求めることを思い出した。

清兵衛はその足で新川に足を運び、銀町《しろがねちょう》一丁目にある下り酒問屋「井筒屋《いづつや》」でやっと酒を買い求めた。そのまま酒徳利を提《さ》げて家路につく。

と、稲荷橋をわたり「やなぎ」のそばにやって来たとき、声をかけられた。

「お侍のおじさん」

大吉だった。隣に中年の男が座っていた。二人は橋の袂に置かれている腰掛けに座っているのだった。

六

「おお、大吉。今日も留守番かな」

清兵衛が言葉を返すと、

「おとう、お侍のおじさんだよ。おいらの友達なんだ」

大吉は隣の男に無邪気にいった。男がすぐに立ちあがり、

「これはお世話になります」

と、丁寧に頭を下げた。清兵衛はこれが利八かと思った。細身の中年で物腰はやわらかいが、神経質そうな顔をしていた。

「大吉の親父殿であったか。今日は休みであろうか?」

「ま、そんなものです。さて大吉、行ってみようか」

利八は大吉をうながすと、清兵衛に再び一礼し、大吉と手をつないで京橋のほうへ歩き去った。

清兵衛はその二人を黙って見送った。

仲のよい親子に見える。実際そうなのかもしれないが、利八とおのりは離縁しているはずだ。それでも大吉は利八に懐《なつ》いている様子である。

「昨日話した親子のことだが、さっき父親に会った」

家に帰った清兵衛は新川で仕入れた酒を安江にわたしながらいった。

「親子のこと……利八さんとかおのりさんとかいう方たちのことですか……」

安江は関心なさそうにいう。

「稲荷橋をわたったところで、大吉がわたしに気づいて声をかけてきてな。そのとき利八という父親といっしょにいたのだ。仲のよい親子に見えた」

「それはよいことではありませんか」

安江は酒徳利を持って台所へ下がる。清兵衛は居間に上がって、なおもつづける。

「まあ親子だからよいだろうが、利八はおのり殿と離縁しているのだ。それに……」

「それになんでしょう？」

安江は前垂れをつけながら顔を向けてきた。

「おのり殿は利八に何か書いてもらわなければならない。そう願っているのだ」

「あなた様。もういい加減になさったらいかがです。世間には離縁した夫婦はたくさんいるのです。それも子供を母親が引き取ることもめずらしくありません」

「まあ、そうであろうが、どうも気になるのだ」

清兵衛はぼそぼそとつぶやくようにいって、これ以上話しても無駄だと思い座敷へ逃げた。

ぼんやりと庭を眺めながら扇子《せんす》を使った。夏に入ったとはいえ、まだ汗ばむほどの陽気ではない。それに蟬《せみ》の声も聞いていない。それでも暑い夏はやってくると考える。

散歩から早く帰ってきたので手持ち無沙汰である。暇を潰すために奥座敷に行って文机《ふづくえ》の前に座る。句でもひねろうと考え、半紙を広げ筆を持ち、空を眺める。たまには気の利いたものをと考えるが、出だしの句が浮かばぬ。あれやこれやと考えているうちに、利八と手をつないで歩き去った大吉の姿が脳裏に浮かんだ。

利八は今日は休みだったのか。大和屋を二月前にやめたらしいが、まだ仕事をしていないのか。

そうかもしれない、と思いあたったのは、一昨日もおのりが利八を訪ねていたからだ。あのときおのりは声もかけずに長屋を出たが、利八の家の戸は開いていたはずだ。と、すると利八はまだ仕事をしていないのだろう。

おのりは今日、利八に何か書いてもらうつもりだったが、その用はすんだのであろうか。そんなことを考えながら、もう一人の自分が、

(余計なお節介だ清兵衛、いい加減にせぬか)

と、自分に注意をする。

清兵衛はいかんいかんと首を振って、句作りのために浮かんだ言葉を半紙に書いたが、どれもこれもつづく言葉が出てこない。つくづく自分には才がないと思うが、なんとか一句ぐらいひねり出そうと考える。

――青空や　いまだ蟬の声　聞けぬまま
(つまらん)

自分で貶《けな》して、筆にたっぷり墨をつけて塗りつぶした。安江が声をかけたのはそのときだった。

「あなた様」

なんだと答えれば、醬油を買ってきてくれないかという。清兵衛がお安い御用とばかりに居間へ行くと、味醂《みりん》もいっしょに買ってきてくれと壺をわたされた。

「お醬油は五合、味醂は三合で結構です」

今夜は鯛《たい》の煮付けを作るという。清兵衛は仕入れた酒にはよい肴《さかな》だと内心で喜び、籠に壺を入れて家を出た。刀は差さず楽な着流し姿だ。

いつしか夕闇が迫っており、南八丁堀の通りまで来ると仕事帰りの職人や勤番侍の姿があった。日暮れ前の町屋には竈《かまど》の煙がうっすらと漂っていた。

南八丁堀五丁目に「徳兵衛《とくべえ》」という贔屓《ひいき》の醬油屋がある。味醂や砂糖や塩も売っている小店だが近所で重宝されている。

店に入ろうとしたとき、一人の女が目についた。おのりである。何やら落ち着かぬ素振りで、あたりを見まわし、通りにある一軒一軒の店をのぞき見、路地口で立ち止まって様子を窺《うかが》い、また先に歩いていく。

(何をしているのだ)

おのりは探し物をしている様子であったが、人の陰に隠れて見えなくなった。

清兵衛が醬油と味醂を買って店を出ると、またおのりの姿があった。近所の者に何やら訊ね、小腰を折って先の道へ行き立ち止まってあたりをきょろきょろ見まわして引き返してきた。

「おのり殿」

声をかけられたおのりは驚いたように立ち止まり、

「あ、お侍様」

と、声を漏らし、

「どうしてわたしの名を？」

疑問を口にした。

「大吉に聞いたのだ。何か探し物でもされているのか？」

「いないのです。大吉が。近くで遊んでいると思ったのですが、どこにもいなくて……」

おのりはさも心配げな顔でいいながらも、あたりに目を配る。

「大吉なら昼間会ったが」

「え、どこにいました？」

おのりは鈴を張ったような目で見てきた。

「稲荷橋のそばだ。父親の利八殿といっしょだったが……」

「えっ。ほんとうですか。それで一人がどこへ行ったかわかりませんか？」

「それはわからぬが、京橋のほうへ歩いて行ったのは見ておる。まだ帰っておらぬのか」

「わたしが仕事から帰ってきたときにはいつもいるのに、今日にかぎっていないのです」

「利八殿の家ではないのか？」

おのりは首を振った。

「見に行ってきましたが、いないのです」

「利八殿はいたのか？」

おのりは「いいえ」と首を振り、気が気でない様子であたりを見まわす。

「それは心配であるな。どれわたしも捜すのを手伝ってやろう」

七

いつしか夜の帳《とばり》が下りていた。

通りの料理屋や居酒屋の行灯《あんどん》が薄闇のなかに、ぼうっと浮かんでいる。店のなかから賑やかな笑い声がこぼれていた。

「おのり殿、もう一度利八殿の長屋に行ってみよう。帰っているかもしれぬ」

清兵衛は南八丁堀の外れ、真福寺橋の手前で立ち止まって、おのりを振り返った。

「そうしてみましょうか」

おのりは心細そうな顔で答える。

そのまま通りを引き返し、南八丁堀の河岸道に出て中ノ橋をわたり、本八丁堀四丁目の公助店へ行った。しかし、利八の家の戸は閉まったままで灯りもなかった。

「帰っておらぬな」

戸口前に立った清兵衛はおのりを振り返った。いまにも泣きそうな顔をしている。

「ひょっとすると、そなたの家に戻っているかもしれぬ」

おのりははっと顔をあげて、

「帰ってみます」

といった。清兵衛は醬油と味醂の入った籠を提げたままだ。

おのりの長屋に戻ったが、やはり大吉はいなかった。

「どこに行ったのかしら」

おのりは力が抜けたように、すとんと居間の上がり口に座ってつぶやく。

「こういうことは初めてであろうか……」

おのりはこくんとうなずいて、いままでこんなことはなかったといった。

清兵衛は昼間のことを思い出す。利八が大吉をどこかへ連れて行ったのはたしかなことだ。

「利八殿の行きそうな場所に心あたりはないだろうか？」

この問いにおのりは真剣な目をして考えたが、

「ありません」

と、力なく答える。

清兵衛はおのりの隣に腰をおろした。

「そなたは利八殿と離縁しているのかね」

おのりはいいえと首を振った。

「では、なにゆえ別居を……」

「わたしは離縁したいのです。あんな男だとは思いもしませんでした。いっしょになったときはよかったのですが、あの人はすぐに本性をあらわしました。どうにもしようのないしみったれなんです。亭主らしいことも父親らしいこともしない。なにひとつしてくれなかったのです」

さっきまでと違い、おのりは憤った顔でいった。

「大和屋の番頭だったのではないか。大和屋といえば立派な薬種屋だ」

「店は立派でもあの人は立派ではありません。店では番頭として真面目面をしていましたが、一旦店を出ると掌《てのひら》を返したように別人になるのです。わたしは離縁してもらいたかったのですが、あの人はどうしても首を縦に振りません。だからわたしは大吉を連れて、ここへ越してきたのです」

おのりはそういうと、堰《せき》を切ったようにいかに利八が吝嗇家《りんしょくか》で身内思いでないかをまくし立てた。

「家賃を女房に払わせる亭主がどこにいます。わたしがはたらいているので、米だって味噌だってみんな折半だといって払わされたのです。いえ、お金だけではありません。子供が生まれたら新しい産着を着せてあげたい、せめて継ぎのあたっていない着物を着せてやりたいと思うのが親心ではありませんか。それにあの人は大和屋という立派なお店の番頭だったのです」

「そうであったか……」

清兵衛はすぐにいってやれる言葉を見つけられなかった。

「やっと大吉と二人だけになったわたしは、大吉のために何でもしてやろうと思い身を粉にしてはたらいています。あの子が大人になっても、他人様《ひと》に笑われるような男にはなってほしくない。できれば一廉《ひとかど》の人になってもらいたい。だから来年は手習所に通わせ、算盤も習わせようと考えています。わたしの両親は商売をやっていました。暮らしを立てるのが精いっぱいの小さな店でしたが、大吉には人並み以上の商人になってもらいたい。その一心で生きているのです。そんなことなど何も知らないあの人は、稼ぎの少ない女房の金をあてにするんです。そんな人と添い遂げることなどできません。だけど、離縁状を書いてくれと頼んでも、それはできないといいます。なぜだといっても、大吉は自分の子だからとい い張るだけです」

「されど、別居は許してくれたのだな」

「出て行くといったら勝手にしろというので、そうしたまでです。でも、このままだといつまでもあの人の影がついてまわる。だから離縁状を書いてくれと頼んでいるのです」

そこまで聞いて、先日公助長屋で聞いた、おのりと利八のやり取りに納得がいった。

「するといまは形だけの夫婦になっているというわけであるか」

清兵衛はそういいながら、これは難しい問題だと思った。

「わたしは夫とは思っていませんけど……」

「利八殿はどう思っているのだろうか？」

「わかりません」

「しかし、大吉は利八殿に懐いているようだったが……」

「あの人はこちらに越してきて、飴や菓子を買ってやり手なずけているんです。それにしても近くに越してくるとは思いもよらぬことでした」

清兵衛は戸口の外を見た。すっかり夜の闇は濃くなっている。使いをいいつかって買い物に出てきたままなので、安江が心配しているだろうと思う。帰ればたっぷり嫌みをいわれるだろう。かといって、このまま帰るわけにはいかない。

「それでいかがする？　もし、今夜大吉が帰ってこなかったら……」

「それは困ります」

「行き先や居所がわかっていれば捜しようもあるのだが、行き先に心あたりはないのだな」

おのりは哀しげな顔でありませんと答えて、言葉をついだ。

「桜木様、ご迷惑になりますからどうかお帰りください。とりあえずわたしは大吉の帰りを待ちます。遅くなってもきっと帰ってくると思うのです」

「帰ってくることを祈るしかないか。おのり殿、いろいろ話を聞いた手前、このまま放っておくことができぬ。一度家に帰りまた戻ってこよう」

八

やはり、安江は機嫌を損ねていた。いいわけをすれば、

「あなた様は懸想《けそう》されましたか？」

と、強くにらみ返してくる。

「いや、さようなことは決してない。大吉の身を案じているだけだ」

安江はぷいとそっぽを向く。

「お使いに行ってすぐに戻ってくると思い、夕餉の支度をしていれば、待てど暮らせど帰って見えない。帰ってきたと思ったら余所《よそ》様の家のことにご執心で……」

「大吉という倅のことが心配なのだ」

「その利八という方は仮にも大吉という子の父親なのでしょう。だったら余計な気遣いは無用ではありませぬか。親子なのですから」

「それはそうであるが、利八は信用ならぬ父親のようなのだ。だから……」

「それでどうなさるのです？」

安江は遮《さえぎ》ってきっとした目を向けてくる。

「とりあえず様子を見に戻ろうと思う。このまま放っておくわけにはいかぬのだ」

「だったら好きになさればよい。夕餉は先に食べていますからね」

安江はすっと立ちあがると台所に向かった。

清兵衛はやれやれと盆の窪《くぼ》をかいて、すまぬと安江の背中に手を合わせると大小を持って玄関に向かった。

「提灯《ちょうちん》」

すぐに安江が追いかけてきて提灯を差しだした。

「無理はなさらないでくださいまし」

目にも言葉にも険はあるが、ささやかな思いやりを感じる。清兵衛は「すまぬ」といって提灯を受け取り火を入れた。

空に星は浮かんでいるが、新月真近で夜の闇は濃かった。

「まだ帰ってきておらぬか？」

おのりの家に行ったが、大吉の姿はなかった。おのりは気落ちした顔で清兵衛を迎え、

「ご迷惑ではありませんか」

と、申しわけなさそうな顔を向けてくる。

「わたしの妻はものわかりがよくてな。わけを話したら心配をし、大吉の身を案じてくれた」

「申しわけないことです」

「利八殿の家を見に行ってこようか。ひょっとすると帰っているかもしれぬ」

おのりはそれならわたしもといったが、

「家を空けている間に大吉が戻ってきたら困るだろう。わたしにまかせておきなさい」

清兵衛はそのままおのりの家を出て利八の長屋に足を運んだが、家は暗いままだった。声をかけても人のいる気配はなかった。しかたなくおのりの家に戻る。

「利八殿も大吉もいなかった」
清兵衛が伝えると、おのりは気落ちしたまま、
「お夕飯はまだでしょう。こんなものしかありませんが、どうぞ食べてくださ
い」
塩むすびを差しだした。清兵衛は正直なところ腹が空いていたので、遠慮なく
いただいて茶を飲んだ。
「わたしは隠居侍だが、もとは御番所の与力を長く務めておった」
おのりが驚いたように目をみはった。
「ここだけの話にしてもらいたいが、そういう男なのだ。早く隠居したのは労咳《ろうがい》
と疑われたからである。ところが、御番所を去って療養に入ったときにわかった
のだが、労咳ではなく、咳気《がいき》（気管支炎）であった。間もなく本復したが、すで
に御番所を去ったあとなので、そのまま隠居となったのだ」
「そんな方にご親切を……申しわけございません」
「いやいや、女手ひとつで大吉を育てようというそなたの気概は立派だ。亭主の
利八殿はともかく、大吉のことが気になる。このまま知らぬ顔はできぬ。うむ、
うまかった」

清兵衛は指についた米粒を嘗《な》め取って礼をいった。

大吉の帰ってくる気配はない。長屋の路地に足音がすれば、二人して耳を澄ますが、いずれも人ちがいだった。

「今夜帰ってこなかったらどうしたらよいのでしょう」

おのりはか細い声を漏らし、すがるような目を清兵衛に向ける。

「もう少し待ってみよう。くどいようだが、行き先にほんとうに心あたりはないか？」

清兵衛が真剣な顔で聞けば、おのりも真剣な顔で考え、やはりわからないという。

五つ（午後八時）の鐘が聞こえると、それまで隣近所から聞こえていた声がしなくなった。長屋の住人はおしなべて寝るのが早い。

それからほどなくしたときだった。路地に雪駄《せった》の音がして、戸口に人の立つ気配があった。それと気づいた清兵衛が戸口を見ると、

「おのり、わたしだ」

という声がした。おのりがはじかれたように腰をあげるのと、戸が開けられるのは同時だった。

あらわれたのは利八だった。清兵衛を見て、大きく眉を動かしたが、

「大変なことになった。大吉を人質に取られてしまった」

と、いった。

「どういうことです？」

「兜市《かぶと》に行ってそこで大吉が人形を落として壊したのだ。相手は弁償しろというが、吹っかけられている。掛け合ったが折れてくれないのだ」

「大吉はどこにいるんです？」

「金を都合しないといけない。相手が悪すぎた」

「ちょ、ちょっと待ってください。どうしてそんなことになったんです。人質とおっしゃいましたが大吉は無事なんでしょうね」

「無事だ。無事だが金を持っていかないと返してくれない」

「いくらです？」

「五両だ」

「は……」

おのりは目をまるくした。五両は大金である。

「利八殿、なにゆえさようなことになったのだ？　仔細《しさい》を教えてくれぬか」

清兵衛がなかに入ると、「お侍様は？」と訝しげな顔をする。その目にはかすかな疑いも混じっていた。

「大吉の友達だ。昼間会ったであろう」

「覚えていますが、なぜここに？」

利八は清兵衛とおのりを交互に見る。

「思いちがいをされては困る。大吉が帰ってこないので、おのり殿といっしょに行方を捜していたのだ。捜しても見つからぬから待っていたところだ。そなたの家には何度も足を運んでいる」

「とにかく金を持っていかないと大吉を返してもらえない」

利八はおのりの顔を見ていう。

「ちょっと待て」

清兵衛は立ちあがると、利八に家のなかに入って戸を閉めろと命じた。

九

大吉が人質に取られた事の発端は、利八が兜市に連れて行ったことだった。

兜市は毎年四月二十五日から五月四日まで、尾張町《おわりちょう》や茅場町《かやばちょう》あたりで行われる。市では兜人形や節句人形などが並べて売られ、ちょっとした賑わいを見せる。通りにある商店の前には人形だけでなく、鯉《こい》のぼりやつるし雛《びな》飾り、羽子板《はごいた》や破魔矢《はまや》なども売られる。それぞれ金銀の市松模様の屏風《びょうぶ》や、金彩の箱飾りなどがあり人の目を惹く。

話を聞く清兵衛は、昼間稲荷橋のたもとで大吉と利八と会ったとき、二人が兜市に行く前だったのだと知った。

大吉は各店の人形や飾り物を楽しそうに見てまわっていた。黒塗りの立派な兜人形に魅入った大吉が手を伸ばしたときだった。背後にいた客に体を押されたはずみで、手にしていた人形を落として壊した。それだけではなく前のめりになった大吉が、商品を並べてある陳列棚に体をぶつけたせいで棚が壊れてしまい、意匠の凝らされた人形をはじめ、他の商品も地面に落ちて壊れたり汚れたりした。

利八は慌てて謝ったが、店主は弁償をしろと迫った。利八がいくらだと聞けば、三両だと吹っかけてきた。それは高すぎるそんな金は払えないといえば、大事な売り物を壊したのだから弁償するのが筋だという話になり、だんだん話がこじれた。

そのうち、相手の仲間があらわれ、壊れたり汚れた人形は三両では買えない代《しろ》物《もの》で、金銀を施した箱飾りにも傷がついたり汚れたりしていると、因縁めいたことを言われた。

利八は故意に壊したのではなく、後ろから押されたからこうなったのだと弁解したが相手は聞く耳を持たなかった。

「それで大吉はいまどこに？」

清兵衛はおおむねの話を聞いたあとで、利八を眺めた。

「辰蔵《たつぞう》という香具師《やし》の頭の家です。とにかく弁償しないと大吉を返してもらえません」

利八はそういってからおのりを見て、

「五両持って行かないとひどいことになる。金を出してくれないか」

と、いった。

「ど、どうしてわたしがそんなお金を。連れて行ったのはあなたではありませんか」

おのりは憤った顔で、利八に言葉を返した。

「大吉はおまえの子だ」

「あなたの子でもあるのですよ。あなたが連れて行って不始末をおかしたのでしょう。あなたの責任ではありませんか」

「わたしにはそんな金はない」

「そんな。あなたがお金を貯め込んでいるのは知っています。こんなときにもお金を出ししぶるのですか。わたしにはそんなお金はありません。お願いです。こういうときにしみったれたことをいわないでください」

「なに、しみったれだと、わたしはしみったれではない」

利八は額に青筋を立て、神経質《いさぎよ》そうな顔を赤らめた。

「だったら大吉の父親らしく潔く金を持ってきてください。都合が悪くなると、いつもわたしが肩代わりしなければならない。ずっとそうだった。だからわたしはあなたがいやになったんです」

「いやになろうがなんだろうが、金を持っていかないと大吉は返してもらえないのだ。それでもよいのか」

「まあ二人とも落ち着いてくれ」

聞くに堪えなくなった清兵衛は間に入った。

「大吉が人質に取られている仔細はわかった。だが、これは利八そなたが片づけなければならぬことではないか」清兵衛は呼び捨てにして言葉を重ねる。「五両をねだられているようだが、たしかにそれだけの値打ちのある人形なのか？」

「壊れたり汚れたりしているのは人形だけではありません。金屛風や他の商品もあります。いかほどの値打ちがあるのかわかりませんが、相手がそういいますから……」

「それでおぬしは金を払う気はあるのか？」

清兵衛は利八を見つめる。

「少しは払わなければならないでしょうが、五両は……」

利八は急に声を落とした。

「こんなときにもあなたは自分の懐《ふところ》を痛めるのを嫌がるのですか。どうして自分の不始末をわたしに押しつけるのですか。あなたがお金を貯め込んでいるのは知っているのです。その金を使ってください。大吉のためではありませんか」

おのりは恨みがましい目で利八を見る。

「わたしが不始末をしでかしたのではない。大吉の後ろにいた客に押されたからそうなったのだ」

「その客はどこです？」

「そんなのわからないよ。どさくさに紛れてどこかへ消えているんだ」

「二人ともやめぬか。いまはそんなことをいっている場合ではなかろう」

清兵衛は二人を窘《たしな》めてから言葉をついだ。

「ひとまず五両を都合しなければならぬ。それがまずは肝要であろう。その金をそっくり相手に払う払わぬはあとの話だ」

「たしかに……」

「おのり殿、いくら都合できる？」

おのりはいまは手許にはいくらもない、せいぜい出せたとしても二朱（一両の八分の一）程度だという。

「利八、おぬしは大和屋の番頭だった。二月前にやめたらしいが、おのり殿はおぬしが小金を貯め込んでいるようなことをいっている。都合できぬか」

「そ、それは……」

「そっくり五両を払えというのではない。とりあえず弁償の金として持参しなければならぬのではないか。大吉は父親の帰りを待っているはずだ。見も知らぬ男たちの家で怯えているかもしれぬ。不憫《ふびん》な思いをさせてはならぬはずだ」

「都合してください。お願いします」

おのりが両手を合わせて利八に頼み込んだ。

「五両も払う気なんてありませんよ」

利八は清兵衛にいった。

「その気がなくても都合できるのだな」

「……まあ」

「だったら持ってきてくれ。相手とはわたしが話す」

十

「ああいう人なのです。自分の懐を痛めるのがいやで、なにかにつけ他人をあてにするのです。わたしはいっしょになっていやってほど、そのことを思い知らされました」

利八が自分の長屋に金を取りに行っている間、おのりは恨み言を口にした。さっきの二人のやり取りを聞いている清兵衛は、おのりの気持ちがわかった。

「めずらしいほどの吝嗇家だというのはわかった。されど、いまは大吉を取り返すのがなにより先だ」

「ごもっともです」

そんな話をしていると、利八が戻ってきた。

「持ってきたか？」

清兵衛に聞かれた利八は「はい、ここに」と、懐をたたいた。

「ならば辰蔵の家に案内してもらおう。おのり殿、そなたはここで待っていてくれ」

腰を浮かしたおのりに、清兵衛は釘を刺した。

「え、どうしてです。わたしもいっしょにまいります」

「相手は質《たち》の悪い香具師かもしれぬ。何かあったら困る」

おのりは戸惑い顔をしたが、

「大吉は必ず連れて戻ってくる」

と、清兵衛は言葉を足して利八をうながして長屋を出た。

大吉を人質に取っている辰蔵の家は、芝口一丁目にあると利八はいった。話ははずまなかったが、案の定利八は清兵衛とおのりの関係を聞いてきた。

「誤解されるような仲ではない。わたしは大吉と知り合い、たまたま母親のおのり殿を知ったまでだ。こんな面倒事が起こるとは思わなかったが、知った手前黙ってはおれぬ。ただそれだけのことだ」

そのまま暗い夜道を黙って歩いた。汐留橋《しおどめばし》をわたり、芝口河岸沿いに歩いたところに辰蔵の家があった。間口二間半の商家ふうの佇《たたず》まいだった。

「ごめんくださいまし。利八でございます」

閉まっている戸の前で利八が訪《おとな》いの声をかけると、すぐに戸が開かれた。目つきのよくない男が利八を見、それから清兵衛に気づいて、

「なんだ助っ人を連れて来たか。それも侍じゃねえか」

と、上目遣いにいった。

「後ろ盾だ。利八は小心者でな。一人では心細いというのでついてきたまでだ」

清兵衛が答えると、どうでもいいが入れと、土間先にある居間へ顎《あご》をしゃくった。

居間には齢《よわい》五十とおぼしき恰幅《かっぷく》のいい男が胡坐《あぐら》をかいて座っていた。他にも男が二人控えていた。あまり褒められない人相だ。

「親分、助っ人付きですぜ」

戸を開けた男が、辰蔵らしき男に告げた。

「かまわねえから上がれ」

　利八につづいて清兵衛は居間に上がった。広い土間の先に居間があり、二棹《さお》の簞笥《たんす》の上に縁起棚が置かれていた。大吉の姿はない。

「こちらが辰蔵さんとおっしゃる親分さんです」

　利八が清兵衛に紹介した。それにはかまわず辰蔵は、

「持ってきたかい」

と、据わった目で利八を眺めた。清兵衛にもちらりと視線を向けたが、歯牙にもかけないという顔つきだ。

「へえ。ここに」

　利八は懐から財布を取り出した。

　辰蔵はそれには目もくれず、利八をにらむように見る。

「五両で話をつけてやるといったが、おめえはてめえのガキを取られても、金をケチりやがった。おりゃあそのことが気に食わねえ。ガキは返してやるが、五両で手打ちってわけにゃいかねえぜ」

「へっ……」

　利八は驚いたように顔をあげた。肉の薄い頰に不安の色を浮かべていた。

「壊され汚された商売品をよくよく調べてみりゃ、五両じゃ間尺が合わねえ。安

く見積もってもあと五両は都合してもらう。いいかい？」

「いや、それは……」

「なんだ、気に入らねえといわれたって、こっちは損してんだ。大事な商売品を台なしにされて、おりゃあ気にしないでくれっていうお人好しじゃねえぜ。市はあと六日あるんだ。ところが、商売の品が半分は使えなくなった。おめえさん、大和屋って店の番頭だったというから、算盤勘定はできるだろう。五両で、はい手打ちってわけにゃいかねえんだ」

「でも、親分さんは五両とおっしゃったじゃありませんか」

「そりゃさっきの話だ」

辰蔵はそういって近くに座っている男を見た。するとその男が帳面を広げて、

「仔細を調べたら、壊された人形の他にも破魔矢と羽子板、それから武者絵幟も商売品にならなくなっている。そこにあるのを見りゃわかるさ」

と、いって土間を示した。土間には大八や平台に兜人形をはじめとした節句飾りが置かれていた。

「そういうこった。人形ひとつ作るにしたって、職人の手間がかかっている。安くはねえんだ。番頭をやっていたおめえさんには、その辺の帳尻がわかるはず

だ」

　辰蔵は煙草盆《たばこぼん》を引き寄せ、煙管《きせる》に火をつけて紫煙を吹かした。清兵衛は黙ってやり取りを聞いている。いつ口を挟めばよいかと考えているが、辰蔵のいい分はわかる。

「桜木様……」

　利八が弱り切った顔を向けてくる。

「親分、その前に大吉を返してもらえぬか」

　清兵衛は辰蔵に頼んだ。

「あんた、利八のなんだ？　侍のようだが、名は何とおっしゃる？」

　辰蔵は据わった目で見つめてくる。行灯のあかりに染まっている頬には古傷があった。紫煙を吹いて、煙管を灰吹きに打ちつけた。

「桜木清兵衛と申す隠居侍だ。わたしは大吉の友達でな。人質になっていると聞きじっとしておれなくなって、ついてきたまでだ」

「ご隠居のお侍でしたか。まあ、よいでしょう。おい、大吉を連れてこい」

　辰蔵が声を張ると、二階から若い男が大吉を連れて下りてきた。

「おとう……」

大吉は利八を見て安堵したように声をかけ「おじさんも」と、清兵衛を見た。

「大吉、無事だったか。おっかさんのところへ帰るからな」

さあ、こっちへというと、大吉は清兵衛と利八の間に座った。その様子を辰蔵は黙って眺めていた。

「話はそれでついたのだろうか？」

清兵衛は辰蔵に聞いた。

「ああ、あと五両上乗せだ。それを利八に払ってもらう。それで手打ちだ。おれは無理をいっているんじゃねえ」

「利八、そういうことだ」

清兵衛は窘めるようにいった。

「えっ、そんな。わたしは五両ですませてもらえると思っていたのです」

利八は心底困った顔を清兵衛と辰蔵に向けた。辰蔵は薄笑いを浮かべ、

「手持ちは五両だろうが、残りの五両は明日でもいい。だがよ、借状《しゃくじょう》を書いてもらうぜ」

辰蔵の横にいた男が、半紙と筆を利八に差しだした。

「利八さんよ、一筆書いてくれ」

利八は筆を持ったが躊躇って、清兵衛に救いを求めるような顔を向けた。

「書いたらよいだろう。それで手打ちなら安いものだ」

「そんな」

清兵衛に突き放された利八はあきれ顔をした。

「桜木さんは話のわかるお侍のようだな」

辰蔵は満足そうな笑みを浮かべた。

利八は味方をなくしたと思ったのか、あきらめ顔で借状を書いた。

十一

清兵衛と利八、そして大吉は無事に辰蔵の家をあとにした。大吉は心細い思いをしていただろうが、利八と清兵衛が連れに来たことで安堵したらしくはしゃいだ声をあげて、

「おかあも心配しているよね。おかあを早く安心させてあげなくちゃ」

と、健気《けなげ》なことをいった。

しかし、利八は清兵衛に文句を垂れた。

「どうしてわたしの味方になってくださらなかったんです。おかげで五両の借状を書かされてしまったではありませんか。借金をしたことになったんですよ」

「しかたあるまい」

「桜木様はあの親分とうまく話をするとおっしゃったではありませんか」

「やり取りを聞いていたら口を挟む余地がなかった。親分のいい分はもっともであった」

利八はあきれたような目を向けてきた。提灯の灯りに浮かぶその顔には、呪詛《じゅそ》がにじんでいるようだった。さらに、腹立ちを抑えきれないのか、大吉を責めもする。

「おまえが粗相《そそう》をしたばかりに、おとっつぁんはとんだ大損をした。そそっかしいにもほどがある。まったくどうしてくれるんだ」

怒っている利八を宥《なだ》めようと、大吉は「おとう」と、袖をつかむが、

「ええい、触るでない。おとっつぁんは払わなくていい金を払うことになったのだ」

邪険に手を払われた大吉はしょんぼり顔で、清兵衛の袖をつかんだ。清兵衛はそんな大吉の手を取って歩いた。利八を一喝してやりたいところだが、そこは堪《こら》

えた。

　家で待っていたおのりが心底安堵したのはいうまでもないが、利八は五両の弁償金の上、さらに五両の借金を作らされたのが納得いかないらしく、

「わたしはもう帰る」

と、腹を立てた顔でさっさと自分の長屋に帰ってしまった。

「ああいう人なのです。桜木様、打っちゃっておけばいいのです。それより無事に大吉を連れ戻してくださりありがとうございます」

　おのりは深々と頭を下げて礼をいった。

「いやいや、おのり殿これで終わりではないよ」

「へっ。と、おっしゃいますと……」

　おのりは目をぱちくりさせる。

「わたしは利八という男のことがよくわかった。あれは金の亡者だ。大吉のことより、まずは自分と自分の金のことにしか頭がない。わたしはそんな男が嫌いでな。そなたの苦労が身にしみるようにわかった。まあ、明日にでも利八とよくよく話をする」

　清兵衛が帰宅したのはすっかり夜が更けた四つ（午後十時）近くだった。家の

なかは真っ暗で、安江は寝間に引き取っていた。

嫌みのひとつや二つは覚悟していたが、その夜は難を免れた。しかし、翌朝は安江の機嫌の悪い顔を見ることになった。

黙って朝餉の支度をして、黙って朝餉の膳を出す。清兵衛は小さくなって膳部の前に座り、昨夜の顚末《てんまつ》を話したが、安江は何の返事もしなかった。

(こりゃあ、いつになくお怒りであるな)

清兵衛は小さくなって食事をすませ、

「安江、今日は早めの散歩に行ってまいる」

と、告げた。

「今夜も遅いのですか。でしたら夕餉はないとお思いください」

出がけに安江はちくりと痛いことをいう。清兵衛はやれやれと、内心でつぶやきながら家を出た。

まだ早い刻限なので、通りにある商家は店開きの支度にかかっているところだった。暖簾を出したり、大戸を開けたり、店の前の掃除をしたりしていた。

清兵衛が迷いもなく向かったのは公助店である。利八は戸を開け放して茶を飲んでいた。戸口前にあらわれた清兵衛を見ると、

「これは桜木様、昨夜は散々でございました」

と、反省の色もない顔を向けてきた。

「今日は何用でしょうか？」

「昨夜は役に立たずにすまなかった。邪魔をするよ」

清兵衛は勝手に入って上がり口に腰をおろした。

「聞きたいのだが、おぬしはおのり殿とこのままつづけていくつもりなのか？」

「どういうことでしょう……」

「聞いたのだが、おのり殿はおぬしと別れたがっておる。さりながら、おぬしが別れてくれないといっておる」

「勝手に大吉を連れて出た女です。はいそうですかと、離縁状など書けやしません」

「別れたくないのか？」

「夫婦仲はすっかり冷めていますがね」

「それでも別れない……」

「手切れの金をくれといわれたって、出すつもりなどさらさらありませんよ」

「手切れの金が気になるから離縁状を書かないのか」

「桜木様、どうしてそんなことを……まさか、桜木様はおのりに……」

「誤解いたすな。わたしには妻も子もある。それにもういい歳だ。天地がひっくり返ったって、おのり殿をどうこうしようという気はない」

清兵衛は遮って言葉を被せた。

「だったらなぜ、こんな話をされるのです？」

利八は苛立った顔を向けてくる。

「おのり殿は手切れ金など欲してはおらぬ。ただ、おぬしとの縁を切りたいだけなのだ。まあ、他人のわたしがいうことではないが、昨日の件があって気になっておるのだ」

「少しはわたしの力になってくださると思ったのに……」

言葉を切った利八は、何の役にも立たなかったといいたい顔だ。

「いや、役に立ちたいと思うておる」

さっと利八が顔を向けてくる。

「おぬしは昨夜五両の借状を書いた。つまり、五両の借金をこさえている」

「払った金と合わせて十両です。とんだ厄日でした」

「五両は今日払うことになっているな」

「まったく忌々《いまいま》しいことです」

「その五両の借金を帳消しにできるかもしれぬ」

利八は口に運んでいた湯吞みを膝許に置いて、さっと清兵衛を見た。

「そんなことができるとおっしゃるので……」

「まあ、やってみなければわからぬが……」

「桜木様、昨日の五両はあきらめるとしても、さらに五両せびられるのはなんとも苦々しいことです。もしできるならお願いできませんか」

それまでの態度はどこへやら、利八は両手をついて頭を下げる。

「ただし、条件がある」

「なんでしょう？」

利八は目を見開いて清兵衛を見る。

「借状を反故《ほご》にする代わりに離縁状を書いてもらう。いかがだ」

清兵衛は利八を見つめた。利八は視線を泳がせて考えたあとで、

「昨日払った五両は悔しいですが、これ以上払いたくはありませんからね。承知しました。借状を反故にしてくださるなら、三行半などあっという間に書きます」

やはりこの男は守銭奴なのだ。清兵衛は心のなかで蔑《さげす》みながら、

「いまの言葉に偽りはないな。男に二言はないぞ」

と、強く念を押した。

「お約束いたします」

十二

清兵衛は辰蔵の家に向かいながらいろいろと思案した。まずはおのりは利八ときっぱり縁を切らないと幸せになれないということだ。このままの状態をつづけても、おのりは苦しむばかりであろう。

女手ひとつで大吉を育てるのには苦労がついてまわる。しかし、縁が切れなければ利八という夫の存在が重くのしかかったままで、心は解放されない。おのりの心はすでに利八から離れている。そして、利八もおのりへの執着はない。あるのは金だけだ。

それに、昨夜わかったことだが、利八は大吉への愛情も薄い。いまやおのりと利八は水と油でしかない。そこに幸せを見出すことはできないだろう。

さて、辰蔵との駆け引きであるが、清兵衛は少し意地の悪いことを考えた。辰蔵は残り五両の金をほしがっている。利八はそれを払いたくない。しかし、大和屋に番頭として勤めていた利八には相応の蓄えがあるはずだ。吝嗇な男なので、持ち金は大方長屋の家に厳重に隠しているだろう。

清兵衛は五両の金をあきらめて借状を反故にしろと、辰蔵に持ちかける。当然、辰蔵は承知しないだろうが、反故にしてくれる代わりにいいことを教えてやると持ちかける。

もっと大きな金を手にできるかもしれないということだ。その金は利八の家にある。不用心な長屋の家にあると、こっそり耳打ちすればよい。

香具師の親玉である辰蔵は、金に汚いやくざといってもよい男。自分の手を汚すまでもなく、手下を使えば利八の金を手にすることができるだろう。

清兵衛はそこまで考えて、

（おれもあくどいことを……）

と、内心でつぶやいて首を振った。

辰蔵の家の土間では、男たちが兜市に持って行く商品を揃えたり、大八に積み込んだりしていた。

清兵衛が声をかけて土間に入ると、土間先の居間で煙草を喫《の》んでいた辰蔵と目が合った。

「これは桜木さん、こんな早くに何のご用で……」

辰蔵が不遜《ふそん》な面構えで声をかけてきた。清兵衛はずかずかと土間に入ると、

「昨夜の利八に書かせた借状のことで相談がある。手間は取らせぬ」

辰蔵は太眉をぐいっと動かして訝しげな目をしたが、まあ上がってくれとうながした。

「直截《ちょくせつ》に申すが、昨夜利八の書いた五両の借状を考えてもらえぬか」

清兵衛は早速用件を切り出した。

「考えろとはどういうことです？」

辰蔵は金壺眼《かなつぼまなこ》を光らせる。

「おぬしの商売道具を壊したり汚したのは利八の倅大吉であった。その大吉は後ろにいた客に押されたはずみで粗相をしてしまった。要するに大吉だけの責任ではないはずだ。すでに利八は弁償の金五両を払っている。その辺のことを考えて、五両の借状を反故にしてもらいたい」

辰蔵は小馬鹿にしたようにへらっと笑った。もっとも目は笑っていないが。

「桜木さん、冗談も休み休みいってくれねえか。こんな朝っぱらになんだと思えば、利八の借状を帳消しにしろだと……。いくらあんたが侍でも呑《の》める話じゃねえ。今日は耳揃えて利八から五両をもらい受ける。ただ、それだけのことだ」

「辰蔵、わたしは本気だ」

「本気だろうがなんだろうが聞ける話じゃねえ。おりゃあ忙しいんだ。帰ってくれねえかい。これはおれと利八で決めたことだ。昨夜、あんたもそばにいたからわかっているだろう」

辰蔵は話にならぬという顔で、帯から煙管を抜いた。

「それじゃ面倒なことになるぜ」

清兵衛は口調を変え、目力を強くした。

「なにが面倒ッてんです」

「こんなことはいいたくないが、おれはいまは隠居侍だ。だがな、ただの隠居侍じゃないってことだ」

「へん、どういうこってす」

「おれは元は北御番所の風烈廻《ふうれつまわ》りの与力だった。わけあって早くに隠居しているが、いまでもおれのひと声で動く与力や同心がいる」

煙管に火をつけようとした辰蔵の手が止まった。

「大吉が犯した粗相に対する五両には目をつむるが、残り五両は納得がゆかぬ。この話を呑んでくれないというなら、訴えのうえお上《かみ》に詳しい吟味をしてもらうことになる。もし、そうなればおぬしはこの家の家主、町内の名主共々顔を揃えて御番所にて申し開きをすることになる。おぬしも知っておろうが、家主にしろ町役にしろただでは動かぬ。相応の礼をしなければならぬ。吟味は一日では終わらぬ。月に何度か呼ばれることになる。悪くすれば三月から半年もかかる。そのたびにおぬしは仕事を休み、いらぬ金を使わなければならぬ」

清兵衛はさあどうするという目で、辰蔵を見据える。

「どっちが得かよく考えることだ」

「ほんとうに北町の与力だったので……」

「吟味となれば、おれも証人として御奉行の前で申し開きをする。御奉行はおれをよく知ってらっしゃる榊原主計頭忠之《さかきばらかずえのかみただゆき》様だ。御奉行は香具師の親方のいうことと、証人として申し開きをする元北御番所与力の話のどっちを信用なさるか、考えるまでもなかろう。詮議が長引けばおぬしの費えは嵩《かさ》むばかりだ」

「……くくッ」

　辰蔵は苦虫を嚙みつぶしたような顔になって視線を泳がせた。

「詮議の末に、おぬしは一文ももらえぬことになるやもしれぬ。費えは出て行くばかりだ。さらに、昨日利八が払った五両も、返済を命じられることになったら目もあてられぬだろう」

　辰蔵はくわっと目を見開き、悔しそうに唇を嚙むと、

「わかりやした。借状はなしにします」

と、折れた。

「控えの証文をもらおうか」

　清兵衛が注文をつけると、辰蔵は簞笥の小抽斗から控えの証文を取ってわたした。

十三

「これが、控えの借用証文だ。辰蔵は残り五両の弁償金をあきらめてくれた」

　清兵衛の差しだす証文を見た利八は、はあと、大きな安堵の吐息を漏らし、

「桜木様、ありがとうございます。助かりました。ありがとうございます」

利八は感激に堪えないという顔で、米搗《こめつ》き飛蝗《ばった》のように何度も頭を下げた。清兵衛はそんな利八を冷めた目で眺めた。

「さて利八、約束を果たしてもらおう」

「へっ……」

「男の約束をしたはずだ。離縁状を書くと……」

「は、そうでした」

「さあ書け」

利八は躊躇いを見せはしたが、あきらめたように筆墨と硯を出し、半紙に三行半を書いた。

——離別一礼の事
因縁薄によって今般離縁候《そうろう》、自今以降再縁改嫁《かいか》随意するへき事　利八
文政三年四月二十九日　のりどの

「おぬしのためを思い、ひとつ忠告をしておく」

清兵衛は離縁状に爪印を捺《お》させたあとでいった。

「なんでしょう……」

「辰蔵は借状を帳消しにしてくれたが、おぬしが金を貯め込んでいるのをどうも知っているようだ。そして、この長屋のことも調べずみだ。もし、この家に貯め込んだ金があれば、いつ何時盗人に入られるかわからぬ」

「へっ」

利八は顔色を失った。

「その辺のことよく考えるべきだ。苦労して貯めた金がそっくり盗まれたら大変であろう」

利八の家を出た清兵衛はその足で、おのりの勤め先である「伊豆屋」を訪ね、番頭におのりを呼んでもらった。

「昨日はお世話になりありがとうございました」

「大吉は元気か？」

「はい、もう昨日のことは忘れたように朝はしっかりご飯を食べました」

「それはなによりであった」

「それで今日はなんでしょうか？」

おのりはきらきらした目を向けてくる。店の表なので、おのりの白い肌は明るい日差しに照り映えている。

「利八が離縁状を書いてくれた。これだ」

「えっ」

おのりは驚き顔で、わたされた離縁状を読んで、胸を押さえてほっと安堵の吐息を漏らした。救われたという顔に笑みを浮かべて、清兵衛を眺めた。

「よくあの人が……」

「うむ、利八もよくよく考えたのであろう。それからいまの長屋は物騒なので家《や》移りするそうだ」

「ほんとうでございますか」

「そういっておった。いまごろ引っ越しの支度をしているはずだ」

「ああ、よかった。よかった。わたしはずっと思っていたのです。嫌いな夫と苦労するぐらいなら、一人で苦労したほうがよいと。その願いがやっと叶いました。桜木様、この度はお骨折りいただき、なんとお礼を申したらよいかわかりませんが、ほんとうにお世話になりました」

おのりは救われたという顔で何度も頭を下げた。

「礼をいわれるほどのことはしておらぬ。女手ひとつで大吉を育てるのは大変だろうが、しっかり面倒見てやることだ」

「はい、それはもう」

清兵衛はそのままおのりと別れて伊豆屋の前から歩き去った。だが、まだ日は高く昼前である。

（さて、どうしようか）

ふと安江の顔が脳裏に浮かんだ。まだ機嫌は直っておらぬだろうと、いまから帰ることに心が臆する。それでも丁寧にいいわけをするしかないと腹をくくる。

「草餅はいかがでしょう。作りたてのおいしい草餅ですよ」

稲荷橋をわたるときにそんな売り声が聞こえてきた。甘味処「やなぎ」の前でおいとが呼び込みをしているのだった。

清兵衛ははたと思いついた。安江はやなぎの草餅が好物である。土産に買って帰れば少しは機嫌も直ろうと考えた。

「これ、これおいと。そのおいしい草餅をもらおう」

「あら、桜木様、今日はお早いですね」

「今日は朝から忙しかったのだ。草餅は土産にしたいので見繕ってくれ」

「はい、かしこまりました」

明るく愛嬌のあるおいとの顔を見て、清兵衛の心が少しほぐれた。

第二章　秘薬

一

その日、清兵衛はめずらしく遠出の散歩を思い立った。

「今日は両国あたりまで足を延ばしてくる」

出がけに安江に告げると、

「あら、ずいぶん遠いところへ」

と、いわれるほどだった。

清兵衛の散歩といえば、自宅のある本湊町を中心に、北は南茅場町、東は霊岸島の新川あたり、西は京橋界隈、そして南は築地近辺だ。だが、もっと狭い範囲が多いから、両国は遠出になる。

もっとも若い頃や町奉行所の与力時代は、江戸市中狭しと見廻りに出ていたので、自宅から両国まではさほどの距離ではないはずだが、さすがに体力の衰えか、大伝馬町《おおでんまちよう》の通りに出たところでひと休みした。

夏の日照りは強く、歩く道の遠くに揺らめく逃げ水が見えた。蟬の声はかしましく、地面はからからに乾いていた。商家の軒先に吊された風鈴の音が気休めの涼である。

日陰になっている茶屋の床几に腰をおろした清兵衛は、白糖と団子の入った冷や水を飲みながら扇子を使って胸元に風を送った。湯吞みに入っている冷や水の団子は寒晒粉《かんざらしこ》（白玉粉）で作られたものだ。冷や水というが冷たくはない。温い。それでも甘みが暑熱で疲れた体に心地よい。

安江には両国に行ってくるといったが、目あては回向院《えこういん》だった。昨日、回向院で信州善光寺《ぜんこうじ》の如来が開帳されると、近所の老爺に聞いたからだった。

「如来像は善光寺の秘仏でございまして、めったにお目にかかれないものです。生きている間に拝めるのはご利益《りやく》でございます」

ほう、そういうものかと、清兵衛は感心しながら聞いたのだが、昨夜床に入って、なかなか見ることのできない秘仏なら一度拝顔するのも悪くないと考えたのだった。

（それにしても暑い）

清兵衛は首筋の汗を拭きながら、ぎらぎらと輝く日輪をまぶしげに仰ぎ、さてまいるかと両膝をぽんとたたいて茶屋をあとにした。

さて、両国は江戸一番の繁華な場所であるが、その日は普段に増して見世物があった。麦藁細工の青竜刀や十二支の額、針金細工、貝で作られた人形細工、ギヤマンで作られた象頭山《ぞうず》景などなど、目移りすることこのうえないが、よくもこんなものを作れるものだと職人の技に感心する。

人混みを除けながら回向院で開帳されている如来を拝んだが、さほど感心するほどのものではなかった。

高さは一寸五尺（約四十五センチ）ほどで小さい。舟形の後光の前に如来像があり、両脇に小さな菩薩《ぼさつ》が立っていた。全体は金箔を貼ってあるのだろうが、色はくすんでおり、また外光を受けないので暗くてはっきりしない。ただ、これが我が国最古の仏像といわれれば、それなりの趣《おもむき》を感じる。

（なるほど、これが秘仏であるか……）

清兵衛はとくに感動もせず、手を合わせて拝むと回向院をあとにした。ただでさえ暑いのに両国の雑踏は人いきれでさらに暑さが増した。噴き出る汗をぬぐいながら人混みを抜けると、ほっと安堵の吐息が漏れた。

清兵衛は木陰でぐったり寝ている野良犬を見ながら小伝馬町《こでんまちよう》から堀江町《ほりえちよう》に抜け、江戸橋をわたって楓川《もみじがわ》沿いの河岸道に出た。ここまで来ると、なんだかホッとする。自分の縄張りに来たような思いに駆られる。

それにしても川沿いにある並木の柳も、暑さに負けてしおたれている様子だ。そう思う清兵衛もまた疲れていた。まだ齢五十を過ぎたばかりだ、おれはまだ年寄りではないと自分にいい聞かせるが、寄る年波には勝てぬのかと思いもする。

本材木町七丁目に入った松幡橋《まつはたばし》の近くにある茶屋で一休みしようと立ち寄り、また冷や水を所望し、扇子を使って噴き出る汗を抑えた。

軒に吊してある風鈴が、ちりんちりんと鳴り、ひゃっこいひゃっこいと、売り声をあげながら冷や水売りが通り過ぎたと思えば、団扇《うちわ》売りや金魚売りが目の前を通っていく。

暑かろうが寒かろうが行商仕事は大変だ。いや、ご苦労ご苦労と、去りゆく行商の背中に声をかける。

「脚気《かつけ》がひどくなってな。どうにも動くのが億劫《おつくう》なのだ」

汗が引いた頃、そんな声が隣から聞こえてきた。近所の者が茶を飲みながら話をしていたのだ。

「脚気は気をつけなきゃ命にさわるよ。早めにいい医者にかかって薬をもらうにかぎる」

「いい医者がいりゃいいが、藪《やぶ》ばかりだ。薬だってろくに効きやしねえ」

清兵衛は気になって隣に座っている客を見た。三人が同じ床几に座って茶を飲みながらそんな話をしていた。

脚気になったというのは清兵衛と同じぐらいの年齢で、頭が禿《は》げていた。早く医者にかかれというのは、麻の着流し姿の品のよい初老だった。もう一人は太鼓腹の小太り。

「いやいや効く薬はある。親戚に脚気がいて大承気湯《だいじようきとう》という薬を飲んだら治ったらしいのだ」

太鼓腹だった。すると、脚気の禿げが興味津々の顔で、どこの医者にかかったと聞く。

「常盤町《ときわちよう》の先生だ」

「ああ、ありゃだめだ。とんでもない藪だよ。そりゃたまたま効いただけだろう」

「脚気には麦飯と小豆飯がいいらしい。うちの遠縁の者はそうやって脚気が治ったといっていた」

麻の着流しがもっともらしい顔でいった。

そのうち三人は、おれは腰痛が治らないとか、最近痞《つか》えがひどくなってどうもいかぬとか、わたしは中風かもしれないなどと病気自慢になり、あの医者がいいこんな薬がいいとちょっとした情報交換の場になった。

清兵衛には痔《じ》という持病がある。いまはなりをひそめているが、ある日突然痔痛に襲われるので、暇にあかせそんな話が出ないかと耳をそばだてた。

すると、痔の話が出た。品のいい麻の着流しがどうも痔らしく、長年苦しんでいると弱音を吐くと、

「そりゃあ旦那、『釜屋《かまや》』の灸《きゅう》で治したらよいでしょう。あそこの灸はよく効くらしいですよ」

と、太鼓腹が知った風なことをいった。

「灸で痔が治るのならそれに越したことはない。膏薬《こうやく》や油薬を塗ってもさっぱりなのだよ。で、『釜屋』はどこにあるのだい？」

清兵衛も聞き耳を立てる。太鼓腹は小網町《こあみちょう》にあるといった。清兵衛は頭に刻みつける。

(明日にでも早速行ってみようか……)

痔の話は冷や水を一杯飲んでいる間に終わり、

「わたしゃこの頃胃の具合がよくなくてねえ」

と、脚気の禿げがいった。

「なんだ、あんたは脚気持ちだけじゃなかったのか」

と、品のいい麻の着流しが薄い眉毛を上下させる。

「歳取れば、病気も取るってことかね」

脚気の禿げが洒落を口にすると、他の二人が小さく笑った。

清兵衛はそれを潮に茶屋をあとにしながら、明日は小網町の「釜屋」へ行って灸をしようと考えた。

二

「まあ朝から蟬が元気よく鳴きますこと。今日も暑くなりますわね」

安江が茶漬けを運んできていう。

「今年はやけに暑いからな。暑気あたりには用心だ」

「あなた様は散歩を日課にされているのでなおさらでございますよ」

「うむ、わかっておる」

清兵衛はさらさらと茶漬けをかき込む。そのそばから安江が団扇を使って風を送ってくれる。清兵衛はときどき飛び交う蝿《はえ》を払いながら茶漬けを食べ、沢庵《たくあん》をぽりぽりと嚙む。

「昨日気になったことがあるんです」

安江が不意に思い出したような顔でいった。

「どんなことだね」

「十軒町に桑木《くわき》道場がございますわね。どうもそこの道場主が危ないらしいのです」

「危ないとは……」

清兵衛は茶碗を置いて、箸を持ったまま鼻先をかすめるように飛ぶ蝿を追い払う。

「一月ほど前にお腹を悪くされ、それがだんだんにひどくなり長くないという話なのです」

「長くないというのは命が……」

「らしいのです」

安江のいう桑木道場は、鉄砲洲南の十軒町にある小さな剣術道場だった。道場主は桑木新五郎《しんごろう》といって、心形刀流《しんぎょうとうりゅう》の遣《つか》い手という触れ込みだった。清兵衛は気になったので何度か道場をのぞいたことがあるが、門弟は少なく、細々とやっている道場のようだった。

しかし、道場主の桑木新五郎は筋骨逞しい男で、いかにも強そうな面貌をしていた。年もおそらく四十半ばのはずだ。

「ほう、あの道場主が……」

清兵衛は意外に思った。

「病などには縁のない男に見えたが……」

「わたしも長くないと聞いて、驚いたのです。何度もお見かけしていますけど、そんな方には見えませんでしたからね。鬼の霍乱《かくらん》というのでしょうか、気の毒なことです」

安江はそういって片づけにかかった。

「鬼の霍乱か……」

清兵衛はつぶやいて桑木新五郎の顔をぼんやり思い出した。

その日、清兵衛は暑いなかを小網町に向かった。昨日の茶屋で聞いた釜屋に行くためである。長年患っている痔が、ほんとうに灸で治るならそれに越したことはない。

夏場はさほどでもないが冬場は辛い日が多い。それでも痔痛は季節に関係なく前触れなしにやってくるから手に負えぬ。

着流しの襟を少し広げ、編笠を被って暑さをしのぐが、歩くうちに笠のなかが蒸《む》れてくる。額から落ちる汗が頬を流れ、顎からしたたり落ちる。

「えっさ、えっさ」と、かけ声をかけながら腹掛けに褌《ふんどし》一丁で駆け去る竿屋の職人らしき者がいた。清兵衛はできることなら自分もああいう姿になりたいと思う。しかし、大小を差した侍であるから、できることではない。

「釜屋」は小網町三丁目のなかほどの小路を入ったどん突きにあった。目立たない場所だが、鍼灸《しんきゅう》屋というのは大方そんなところに居を構えている。

訪うと手代らしき男が用向きを尋ね、小部屋に通してくれた。裏の勝手口と障《しょう》子《じ》を開け放してあるので、風が吹き抜けてゆっくり汗が引いていく。それでも扇子は手放せない。

「お侍様もこっちですか」

先に待っていた商家の主らしき男が声をかけてきた。四十前後の小柄な男で、尻を浮かして指で示す。清兵衛は暗にうなずく。

「わたしはもう十年ばかり悩まされておりましてね。いろんな膏薬を使ったんですが、さっぱりよくなりません。それでこちらの灸がよく効くと知り、訪ねてきたんですが……」

「楽になったかね」

「へえ、もう二月ほど通っていますが、ずいぶん楽になりました。不思議なもんですね。灸で痔が治るとは思いもしませんでしたから。ひどいのでしょうか?」

男はにこやかな顔を向けてくる。治ると聞いた清兵衛は興味津々である。

「ひどいというほどではないが、突然なるから困るのだ。それがもう何年もだ」

「ああ来るなという前触れは感じるんですが、もうそのときは遅いですからね」

「まさにそのとおり。始末に悪いのが痔だ」

「まったくでございます。しかし、女の方は大変です。なにせ下《しも》のことですから、医者にかかって見せるのを憚《はばか》り、だんだん悪くします。その点男は平気で尻を突き出せるので治る人は治るようです。わたしは萬病膏に神明膏などという薬を塗り、医者のいいなりにいろんな薬を飲んだり、尻のあたりを温めればよいといわれれば、湯治に行ったりもしましたがさっぱりでございました」

「わたしもいろんな薬を塗っておるが、長持ちはせぬ。大方一時しのぎだ。温めればよいと聞いたので湯に長く浸かりすぎてのぼせたこともある」

同病相憐れむで会話がはずんできた。

「わかります、わかります。よくわかります。相身互いでございますね」

男がそう応じたとき、さっきの手代がやってきてお入りくださいと障子を開けた。男は「では、お先に」と挨拶をして隣の部屋へ消えた。艾《もぐさ》の臭いが漂ってきて、清兵衛の鼻をくすぐった。

痔持ちの男と入れ替わりに治療を受けた男がそばに座り、身繕いをはじめる。清兵衛を見て小さく頭を下げ、大分楽になりましたと、ホッとしたような笑みを浮かべた。

「痔でござろうか？」

訊ねると、男はきょとんとした顔で、

「いえ、首と肩が石のように凝《こ》って苦しかったんですが、楽になりました」

と、肩のあたりをさすりながら、灸と鍼《はり》の二つをやってもらったと付け足した。

「それはなによりだ」

清兵衛は応じながら、知らない男に自分の持病を曝《さら》したことを少し恥ずかしく思った。相手はそのまま帰っていったが、そうかここは鍼もやるのかと知った。

小半刻（約三十分）ほどでさっきの痔持ちの治療が終わり、清兵衛の番になった。

三

清兵衛の番がまわって三右衛門《さんえもん》という鍼灸医の前に座ると、病状を聞かれたのであらましを隠さず話した。

「冬場は大方ひどくなりますが、お伺いしたところさほど重くなさそうですな。出血があるのは肛門が弱っているからです。それに痔瘻《じろう》というのは血のめぐりが悪くなっているからです。まあ、ゆっくり治しましょう」

三右衛門はそういうと、俯《うつぶ》せになってくれという。清兵衛が腹這《はらば》いになると、さっと裾をめくられ、下帯をずらされた。尻丸出しである。

「このあたりが凝っているはずです」

三右衛門は骨盤のあたりを指で探り、ここが凝りやすいでしょうという。清兵衛はなんとなくうなずく。凝った記憶はないが、いわれてみればそんな気もする。

それから骨盤のあたりに大きな艾が据えられ、火がつけられる。艾の燃える臭いが風に流され、鼻先をくすぐる。風鈴の音が聞こえてくる。

「桜木様、塩気の多いものと辛いものはお控えください。それから冷たい床や石に座らぬことです。血のめぐりを悪くすると痔になりやすくなりますから」

「あ、はい。それにしてもやけに熱うござる」

「辛抱です。艾はその辺の鍼灸屋と違い、うちでは十倍ほど大きいですから」

そんなに大きな艾を据えているのかと、清兵衛は驚く。尻のあたりが熱い。それも二箇所に据えてあるようだ。やがて艾が燃え尽きると、治療はそれで終わりだった。

「一度で治るものではありませんので、何度か来てください。そのうちに快癒《かいゆ》していきましょう。気長治療が肝要です」

「はは、承知つかまつった」

灸を据えられただけだが、五百文取られた。それでもなんとなく腰の下から肛門にかけて心地よさがある。ほんとうに治るかもしれないと思った。

清兵衛は炎天下のなか帰路についたが、心は幾分軽くなっていた。しばらく「釜屋」に通えば長年の悩みが解消されるかもしれない。そんな期待が胸にあった。

まっすぐ帰るにはまだ早い刻限である。清兵衛は暇を潰そうと思い、稲荷橋をわたった甘味処「やなぎ」に立ち寄った。

日除《ひよ》けの葦簀《よしず》が具合よく陰を作ってくれているので、川風が爽やかに感じられた。床几に腰を下ろすと、すぐにおいとがやってきて茶を運んできた。

灸を据えてきたと話すと、おいとは熱くないですかと聞く。

「そりゃあ熱かった。それに艾はこの店の団子ほどの大きさだ」

「ひゃあ、そんな大きなものを！　火傷《やけど》しちゃいますよ」

「いやいや、それが気持ちよくてな。それにいまは体が軽いのだ。いい鍼灸医が見つかってよかった」

清兵衛がほくほくと笑うと、おいとはひょいと首をすくめて板場のほうに戻った。それからしばらくして隣の床几に座った男がいた。そばに担ぎ箱を置き、菅笠を脱いで首筋や顔の汗をぬぐいため息をつく。

おいとが注文を取りに来ると男は麦湯を所望した。そして、麦湯が運ばれてくると、ひと息で飲み「ああ、生き返った」といって、もう一杯とすぐに追加をした。

清兵衛は男のそばに置いてある担ぎ箱を見て、枇杷葉湯《びわようとう》売りだとわかった。夏になると市中で見かけるようになる行商だ。

橋の上や路上で立ち売りをして道行く者に声をかけ、一杯の枇杷葉湯を飲ませ、その効能を講釈し、散薬を売っている。大包みは四十七文、半包みが二十四文という相場だ。

腹痛・食あたり・二日酔い・下り腹・渋り腹・えずき（吐き気）などと主に胃腸病に効くという触れ込みだ。

「暑いのにご苦労だね」

清兵衛が声をかけると、ひょいと顔を向けて頭を下げた。

「いえ、商売ですから暑いのは慣れっこです。それにしても今日はひどく暑いのはたしかでございます」

商売柄人慣れしているのか口調が軽やかだ。

「夏場は繁盛するであろう」

「へえ、夏がこの商売の稼ぎ時ですからねえ。暑い暑いと文句はいえません。それにしても暑いですが……」

薬湯売りは白い歯を見せて笑う。

「わたしもたまに買うが、やはり枇杷の葉によって効く効かぬがあるのだろうな」

「それもありましょうが、調薬次第でございます。拙者の持っている薬湯には枇杷だけでなく、他の薬草も混ぜております。なんの薬草だと訊ねられても、それは商売の種明かしになるんで教えられませんが、下手な医者が煎じる薬よりよっぽど効くこと請け合いです。お侍様もいかがでしょうか？」

薬湯売りはここぞとばかり商売っ気を出す。

「折角だが、いまのところ間に合っておる」

「それは残念です。お安くしておこうと思ったんですが……」

薬湯売りがか弱い笑みを浮かべたとき、

「お待ちくださいませ。お待ちくださいい」

という慌てた声が聞こえてきた。

そちらを見ると、二十代とおぼしき若い侍が、目をぎらつかせいきり立った顔

で歩いてくる。声の主はその侍を追っている男だった。袖をつかむと、

「そうだと決めつけるわけにはまいりません。早まったら光次郎《こうじろう》様はただではすみません。お気持ちは察しますが……」

と、必死に諭《さと》そうとする。

「ええい放せ！　父は殺されたようなものではないか。これが黙っておれるか。放せ、放すんだ！」

「いけません。ここは気を鎮めてお考えくだされ。お願いでございます。早まれば、奥様にも厄難が降りかかるやもしれませぬ」

「……母上に」

若い侍は引き留める男をあらためて見た。

「さようです。ここは一旦気を鎮めて帰るのが賢明でございます」

諭される若い侍は躊躇いながら迷っていた。殺気だった目が幾分正気を取り戻したように見えた。

「わかった。いまは堪える」

若い侍はそういって袖をつかんでいる男に従い、来た道を引き返した。

「あれは桑木道場のご息男……」

つぶやいたのは葉湯売りだった。

「知っておるのか？」

清兵衛は葉湯売りに顔を振り向けた。

「はい。数日前にお父上が胃病で苦しんでいる、葉湯が効くなら売ってくれといわれ、買っていただいたばかりです」

清兵衛は引き返していく二人の侍に目を向けた。

四

実家に戻ると、父の死を知らされた六人の門弟が神妙な顔で、息を引き取ったばかりの父の枕許に座っていた。

母の美津《みつ》が戻ってきた光次郎を見て少し安堵の顔をした。

「いまお坊様が見えます」

女中のおしげが玄関からやってきてひそやかに告げた。

「光次郎様、今日は先生のご成仏をお祈りしましょう」

引き留めに来た春日《かすが》由右衛門《よしえもん》が光次郎に囁《ささや》いた。

光次郎は父の枕許に座り、唇を引き結んだ。父を亡くしたという悲しみと、不甲斐ない医者の治療に対する憤りがない交ぜになっていた。

こんなにあっさり死ぬような父ではなかった。つい二月前までは道場で元気に稽古をつけていたのだ。筋骨逞しい頑健な父であった。それが、みるみるうちに痩せ、手足も生白く細くなり、厚い胸板の肉が落ち肋《あばら》が浮いた。

衰弱が激しいので光次郎が転薬を勧めたのは、半月ほど前だった。それまでは霊岸島で名医という噂のある堀田堂石《ほったどうせき》という医者が診ていた。しかし、父の病状はいっこうによくならないばかりか、素人目にも悪化しているように見えた。

光次郎は堀田堂石は藪ではないかと疑ったが、

「堂石先生は秘薬を用いられている。一旦悪い症状ののち次第に本復に向かうとおっしゃっている。医者を信じるしかないでしょう」

と、母の美津はいった。

しかし、その兆候は見られなかった。光次郎はたまりかねて木挽町の医者木村《きむら》良蔵《りょうぞう》に診てもらった。それが半月前だった。木村良蔵は、

「何か毒でも飲まれましたか？」

と、父の容態を見たあとでいった。

母も光次郎も毒など飲んでいないといったが、これまでどんな薬を飲んでいたかを聞かれた。母の美津は堀田堂石の処方した薬を見せた。そして、良蔵は堂石の薬を持ち帰り、自宅でよくよく調べたあとで、

「この薬にはかえって胃や腸や肝に障《さわ》るものが混じっている。間に合うかどうかわからぬが毒消しを飲ませよう」

そういって良蔵は解毒剤を処方してくれた。

しかし、解毒剤は間に合わず、ついに父新五郎は息を引き取った。

(父は毒を飲ませられ、そして死んだ)

光次郎はそう思い込んでいる。堀田堂石に殺されたのだ。

両膝に置いた拳《こぶし》をにぎり締め、ぶるぶるふるわせながら悲しみを堪えたが、涙は溢れ出るばかりだった。

その夜、父新五郎の簡単な通夜を執《と》り行い、翌日、築地本願寺にて埋葬した。

葬儀が執り行われているときも、終わったあとも父の一番弟子だった春日由右衛門がそばについて、

「光次郎様、決してはやまったことをしてはなりませぬ」

と、口うるさいほどいって光次郎の暴発を抑えた。

光次郎は桑木家の次男だった。家督を継ぐはずの長男光一郎《こういちろう》は一年前に労咳のために逝去したが、光次郎は寄合《よりあい》旗本片桐右近《かたぎりうこん》の屋敷に家士として召し抱えられ、いずれ幕臣に取り立てられる約束を得ていた。

よって桑木道場は継がず、そのままおのれの道を進むだけだった。しかし、父の不慮の死により心が乱れていた。尊敬する頼もしい父は、幼い頃より光次郎の憧れだった。しかし、光次郎は剣術の上達が芳《かんば》しくなかった。その代わりに算術と漢学に優れていた。

そのことを見越した父新五郎は、自分が剣術指南をしている片桐右近に相談して屋敷奉公をさせた。

片桐右近は寄合旗本であるが、その前は千五百石高の小納戸《こなんど》頭取《とうどり》で幕閣に顔の利く男だった。「大に威権ある」という役職を務めただけに、光次郎の幕臣取立てはたしかなものだった。

父新五郎の初七日《しょなのか》を終えたその日、光次郎は十軒町の自宅に戻っていた。墓参りをしたあとで仏壇に焼香を終えると、ひっそりとしている道場に立った。

格子窓から夕暮れの日が差し込んできて、道場には蒸れるような暑さがあった。

それでも磨き抜かれた床板は素足に心地よく、けたたましく鳴く蟬の声も気にならなかった。

ぽつんと道場の中央に腰をおろし、見所《けんじょ》を眺めた。いつも父新五郎がそこに座って、門弟の稽古を眺めていた。

ときに立ち上がって門弟のそばに行き、自ら竹刀を振って手本を見せたり、自分が稽古相手になったりしていた。それはつい三月ほど前のことだ。

元気がよく健啖家《けんたんか》で酒豪でもあった。光次郎はそんな父とよく酒を飲んだ。そんなとき父は豪快に笑い、

「剣術だけがおまえの人生ではない。おまえは片桐様に認められ推挙を受ければ、いずれは御目見になれるやもしれぬ。さようなれるように努めるのみだ」

と、励ましてくれた。

そのときのことを思い出すと、自然に笑みを浮かべることができた。だが、そのとたん、別の感情が生まれた。

（やはり許せぬ）

心中で吐き捨てた。

あんなに元気だった父が、あまりにもあっけなく死んだのだ。その原因は、堀田堂石が間ちがった診立てをしたからだ。

忘れかけていた憤怒が腹のなかでぐつぐつと煮え立った。脇に置いていた大刀をがっとつかんで立ちあがると、目をぎらつかせて道場を出た。

おのれの進退より父の恨みを晴らすべきだと心に決めた。さいわい止める者はいない。

「よし、これから」

ぐっと奥歯を嚙んで夕暮れの道を歩いた。

鉄砲洲の河岸道を辿り、湊稲荷を横目に稲荷橋、高橋をわたる。夕日は西に大きく傾き、町屋には夕暮れの靄《もや》が漂いはじめていた。

川口町の堀田堂石宅には何度か父の薬をもらいに来たことがあるので家はわかっていた。家の前まで来て立ち止まった光次郎は下腹に力を入れて、玄関に向かったが、家のなかから笑い声が聞こえてきた。

(患者がいるのか)

ならばその患者が帰るのを待たなければならぬ。光次郎は一旦表に引き返し、家の前を行ったり来たりした。ようようと日が暮れ、あたりが薄暗くなった頃、一人の患者が堂石の助手をしている男に見送られて玄関を出てきた。

光次郎はその患者を見送ってから玄関に向かったが、迷いが生じた。

（ほんとうに斬れるのか？　斬ったらどうなる？　母に厄難が降りかかるのか？）

もう一度表に引き返し、気持ちの整理をするために家の前を数回往復した。

（いや、人を助ける医者面《づら》をして、人の命を粗末にした藪は許せぬ。やはり放ってはおけぬ。父と同じ目にあう者が出る前に悪い芽は断ち切るべきだ）

よし、と気合いを発してもう一度玄関に向かおうとしたとき、

「しばらく」

という声がかかった。

五

清兵衛はその日釜屋へ行って灸を据えてもらっての帰りだった。夕暮れであったが町には昼間の暑熱がこもっていたので、川口町まで来たとき茶屋で一休みをしたのだが、すぐ近くの家の前をうろついている若い男が気になった。

よくよく見ると幾日か前に、薬湯売りと「やなぎ」で茶飲み話をしているときに見かけた桑木道場の倅に似ているような気がした。それに殺気立っているよう

な顔つきが気になった。

思い切って声をかけると、色白の端正な顔を振り向け、少し驚き顔をした。

「やはり、そうであったか」

清兵衛は桑木道場の倅だと確信した。

「あなた様は？」

「わたしは桜木清兵衛と申す者。本湊町に住んでおる。そなたは桑木道場のお倅であろう」

「なにゆえわたしのことを？」

「わたしは隠居の身であるが、以前はこっちのほうをよくしておった」

清兵衛は竹刀を振る真似をした。

「桑木道場は何度かのぞかせてもらっておる。お父上は達者であろうか？」

具合が悪いと聞いてはいたが、あえて訊ねたのだった。

「父は……」

桑木の倅は一度口を引き結んで、

「六日前に身罷《みまか》りました」

と、答えた。

「それは失礼なことを聞いた。そうでござったか。それは残念であるな。さぞやお気落としのことだろう」

「いえ……」

「名は何とおっしゃる？」

「光次郎と申します。わたしは父新五郎の次男でございます」

「すると、ご長男が道場を継がれるのかな？」

「いえ、兄も身罷っています」

「それはますます残念な。いや、ご愁傷様でござる」

「あの、なにかご用で？」

「用というほどのものはないが、何かこの家にご用かな？　さっきからこの家の前を行ったり来たりされておったが……」

清兵衛はそういってから、すぐそこの茶屋で休んでいるときに気になったのだと付け足した。

「わたしは……いえ、もう結構です。失礼つかまつります」

光次郎はそのまま背を向けようとした。

「待たれよ」

すぐに光次郎が振り返った。

「もし、急ぎの用がなければ少し付き合ってもらえぬか。無理にとはいわぬが、そなたの父上のことを聞きたいのだ。こういうときには思い出話も大事である。いかがだ」

光次郎は逡巡《しゅんじゅん》しながら暗く翳《かげ》りはじめた西の空を見て、

「思い出話が父の供養になると……」

と、訝しそうに目をしばたたいた。最前あった殺気めいた空気は消えている。

「亡くなられたそなたの父上の魂は、未だそこにあるかもしれぬ。倅が自分のことを話してくれるのを喜ばれるかもしれぬ」

また光次郎は短く躊躇った。

「よく存じあげぬ方ですが、わかりました。お付き合いいたします」

清兵衛は亀島橋をわたって少し先にある北紺屋町《きたこんやちょう》の居酒屋に光次郎を誘った。

店は五分の入りで客のほとんどは近所の職人たちのようだった。すでに酔いのまわった男が下卑た声で笑っていた。

「なぜわたしに声を……」

清兵衛が酌をしてやると、光次郎がまっすぐ見てきた。聡明そうな広い額に目許の涼しい若者だ。清兵衛は笑みを浮かべて答えた。

「いや、わたしの倅に少し似ておるのだよ。この頃は寄りついてくれぬので淋しく思っている次第だ」

清兵衛は光次郎の心をほぐすためにそんなことをいった。

「歳も同じぐらいであろうか。光次郎殿はおいくつだ？」

「二十歳です」

「すると、わたしの愚息より少し下だ。お勤めはいかがされている？　道場を継がれるのかな？」

「道場は終わりです。わたしは寄合の片桐右近様の屋敷で奉公をしています。殿様は小納戸頭取を務められた方で、わたしはいずれ幕府に召し抱えてもらう約束になっています」

「それは目出度《めでた》いことだ。それにしてもお父上は残念であるな。話したことはないが、立派な体をされていた。門弟への指導も熱心で、豪快で磊落《らいらく》な方だと聞いていた」

「まさにそのとおり。父は豪放磊落な人でした。剣の腕もさることながら、人として尊敬に値する人物でした」

「光次郎殿もお父上を慕われておったのだな」

光次郎は「もちろん」というようにうなずき、ぐい呑みを傾けた。

「それにしても早すぎたのではないか。まだ若かったであろうに」

「四十七でした」

「それはもったいなかった」

「まったくでございます」

光次郎は言葉を詰まらせたと思ったら、目を赤くした。

「何がもとで亡くなられたのだ。壮健な方だとお見受けしておったが……」

「医者に騙されたのです」

清兵衛は眉宇《びう》をひそめた。

「藪にかかったのが悪かったのです。母もそうですが、わたしもあの藪医者のいうことを信じて薬をもらっていました。ところが、その薬が毒だったのです」

「毒……」

驚く清兵衛に、光次郎はその経緯を語った。

それは、堀田堂石という医者への怨念であり恨み言だった。最後には、

「父は堂石に殺されたのです。だからわたしは敵《かたき》を討ちたいと思っています」

と、酒の勢いが感情を高ぶらせたのか本心を吐露した。

「気持ちは痛いほどわかる。かく申すわたしも同じようなことがあった」

光次郎は目をみはって清兵衛を見た。

「わたしは労咳を疑われたことがある。まわりに迷惑をかけてはならぬと思い、勤めていた役所を致仕《ちし》し療治に努めた。ところが、それまでとちがう医者に診てもらうと労咳ではなく単なる咳気と判明いたした。されど、もう元のお役には戻れぬから、そのまま隠居となった」

「労咳と診立てたのは藪だったのですね。恨まれませんでしたか？」

「恨まなかったといえば嘘になる。だからといって医者を責めることもできぬ。これもおのれに与えられた天の定めだったとあきらめた」

「そんな人の好いことを……」

「責めてもお役に戻れるわけではない。それにあの医者はそれなりにわたしを診たと思うのだ。悪気があって診立てたのではないはずだからね」

「父の場合はちがいます」

「なにゆえさように考える？」

「木村良蔵とおっしゃるお医者は、父は胃や腸や肝に障るものを飲まされたせいで命を落とすことになったといわれたのです」

「それはいまも聞いたが、そうだというたしかな証拠はなかろう。もっといえば、木村良蔵殿が処方された毒消しに毒があったならばいかがする」

光次郎ははっと目をみはった。

「早まってはことをし損じる。恨みつらみはあるだろうが、ここは堪えどころだ」

「されど……」

光次郎は悔しそうに顔をゆがめると、

「やはり納得いかぬのです」

と、語気を強めた。もうだいぶ飲んでいた。

「ならば、わたしがその堀田堂石殿を調べてみようか」

「桜木様が……」

「わたしは暇な身だ。それにこういった調べは得意でな」

六

片桐右近の屋敷に戻った光次郎は、眠れぬ夜を過ごしていた。

　暑いというのもあるが、酔いが醒《さ》めたせいかもしれない。光次郎がいるのは片桐右近の屋敷にある長屋だった。枕許の行灯が蚊遣《かや》りの煙を浮かべていた。生ぬるい風が窓から吹き流れてくる。

「なぜ、あんなことを……」

　光次郎は夏用の薄い夜具を払って半身を起こした。目の前を飛ぶ蚊を両手でたたき潰して、夕刻に声をかけてきた桜木清兵衛の顔を思い出す。

　いまになって思えば、声をかけられ、思いとどまったのはよかったのかもしれぬ。堀田堂石に恨みはあっても、本気で斬れるかどうかわからなかった。躊躇いがあった。堂石の誤った投薬によって父は死んだのかもしれぬが、たしかにそうだという証拠はない。もし、討ち入って斬り捨てたなら単なる人殺しであろう。母にもその累《るい》が及ぶ。

　さりながら桜木清兵衛と名乗る隠居侍に、自分のことをさらけ出し何もかもしゃべってしまった。あのときは自分の感情を抑えることができなかった。馬鹿なことを話したたと、いまになって後悔が生まれている。

　しかし、桜木清兵衛という御仁に不快な印象はない。自分に向けてくる静かな眼差しに心を許した。歳は父より六、七歳上らしいが、父にはなかった品があり、芯の強さが感じられた。人を包み込むような鷹揚さもあった。

酒の酔いもあったがこの人は頼れると思ったのはたしかだ。役所に勤めていたといわれた。どんな役所に出仕されていたかわからぬが、おそらく元は幕臣だったのだ。

桜木清兵衛は堀田堂石を調べるといわれた。こういう調べは得意なのだとも。

あの言葉を信用してよいのか……。

もし、あの藪医者のせいで父の命が縮められたのなら許せることではない。いまも許せぬという強い気持ちはある。

しかし、その思いに待ったをかけられた。

冷静さを取り戻した光次郎は、桜木清兵衛を信じる気持ちになった。

(あの方を頼るのは悪くないかもしれぬ)

心中でつぶやき、身を横たえ、行灯のあかりにあわく照らされた天井をまばたきもせずに眺めた。

ちりん……。

軒先に吊している風鈴が小さく鳴った。

朝から蟬がけたたましく鳴きはじめた。空はからっと晴れわたり、すでに暑い。じっとしているだけで汗ばむほどだ。

寝間着から絽《ろ》の単衣《ひとえ》に着替えた清兵衛は、縁側の向こうに広がる夏空を見て、締めた帯をぽんとたたいた。

（さて、どこからはじめるか）

昨日は堀田堂石という医者の家に討ち入ろうとした桑木光次郎を引き止めたはいいが、堂石を調べてやるといった。

安請け合いをしたわけではないが、どうやって調べるかが問題である。その前に死んだ桑木新五郎がどういう病状であったか、そのことをまずは知るべきではなかろうか。そのことを知らずして、堀田堂石に探りを入れるわけにはいかぬはずだ。

（うむ、そうである）

ひとり納得する清兵衛は、額の汗を拭きながら台所仕事をしている安江に声をかけて家を出た。

向かうのは桑木道場である。亡き桑木新五郎の病状を詳しく知っているのは、妻に他ならない。夫を亡くしたという悲しみは癒《い》えていないだろうが、光次郎の暴発は何としても防がなければならぬ。

鉄砲洲の河岸道には川風とも海風ともつかぬ生温かい風が吹きつけてくる。地面からの照り返しも強いので、あっという間に汗が浮かんでくる。

十軒町の桑木道場まで来ると、玄関が開けられており、道場のなかで一人の男が諸肌《もろはだ》脱ぎで素振りをやっていた。

道場は閉鎖されると光次郎から聞いていたが、すぐに閉鎖とはならないのか。稽古をしている門弟を見ると、「やなぎ」の前まで光次郎を追いかけてきて連れ戻した男だった。

「ごめん」

清兵衛は玄関に入って声をかけた。素振りをやめて男が顔を向けてくる。

「暑いのに精が出るな。こちらのご門弟であろうが、伺いたいことがある。わたしは本湊町に住んでいる桜木清兵衛と申す者だ」

「どんなことをお尋ねになりたいので……」

男は近寄ってきた。清兵衛は名前を聞いた。

「春日由右衛門と申します」

「春日殿はこの道場は長いのだろうか」

「亡くなられた先生がこちらで道場を開かれたときから世話になっています」

するとと新五郎との親交は深いはずだ。傷心の妻に会って聞くより、この男のほうが話は早いかもしれぬ。

「ご当主はいかにも壮健そうだったが、急なことであったな。何度かお見かけしているので驚いた次第だ。聞けば医者の投薬がよくなかったらしいが……」

清兵衛がそう切り出すと、由右衛門は誰もいない道場に目を配ってから、お上がりくださいとうながした。話のわかる男のようだ。

年は三十前後だろうか。肩幅が広く胸板も厚い。太い眉に意志の強そうな厚い唇をしているが、大きな目は実直そうである。

「大きな声ではいえませぬが、先生が亡くなられたのは医者のせいだと思います。ご次男の光次郎様も疑いをお持ちで、先生を診た医者を恨んでおいでです」

「堀田堂石という医者だな」

由右衛門は太い眉を動かして驚いた。

「なぜ、そのことを？」

「いや、じつは光次郎殿と話をしたのだ。堂石に強い恨みを持っていた」

清兵衛は昨日のことをざっと話してやった。

「よく引き止めて下されました。わたしからも礼を申します」

由右衛門は頭を下げた。清兵衛は信頼を得たと感じた。

「それでご当主はいつどういうことで具合が悪くなられたのだろうか？」

「腹がすぐれぬとおっしゃったのは三月ほど前でしたか。それから次第に腹が張り、食が進まなくなったといわれ、日に何度も厠《かわや》に通われるようになり、腹に強い差し込みがあるといわれて床に臥《ふ》せられました」

それから近所の医者に診せたがちっとも快癒しない。そんなときに妻の美津が、霊岸島に名医がいるという噂を聞いて、堀田堂石に往診を頼んだ。

堂石ははじめ食あたりだといって薬を処方したが、具合はいっこうによくならないばかりか、日に日に痛みが強くなると新五郎は訴えた。それで、堂石は家伝の秘薬があるからとそれを処方して日に三度飲むよう指示をした。

「しかし、先生の容態はよくなりませんでした。食べ物が喉を通らなくなり、日増しに痩せられ、肌艶も悪くなり、手や足も生っ白く細くなられました。堂石殿は体が衰えているように見えるが、それは恢復《かいふく》の兆しで心配はいらない。病魔と闘うときにはよくあることだといわれ、秘薬だという薬を飲ませつづけました。されど、さっぱりよくなりません。これは転薬をしたほうがよいとなり、木村良蔵先生に診てもらいました。良蔵殿はもっと早くわたしが診ていたらこうはならなかった。もう少し長生きできたはずだとおっしゃいましたが、もう手遅れでした。先生の胃の腑か腸に悪い腫瘍ができているので、この期《ご》に及んで効く薬はないと」

由右衛門は言葉を詰まらせ、目を赤くした。情の厚い男のようだ。

「木村良蔵という医者は堂石の秘薬を調べられたと聞いたが……」

「はい。どうやってお調べになったかわかりませんが、堂石殿の投薬には胃や腸、あるいは肝をかえって悪くする薬が調合されているといわれました」

「すると堀田堂石は、桑木新五郎殿の病状を悪くする薬を飲ませたということか」

「さようなことになりますが、堂石殿はそんなことはない、薬の効きが先生の病態に追いつかなかったのだと断言されました。そういわれてしまえば返す言葉がありません。わたしと奥様が聞いたのですが、堂石殿は自分なりに手を尽くしたのだといわれまして……」

由右衛門は悔しそうに口を引き結び、膝に置いた手をにぎり締めた。

「しかし、なぜ、そんなことを……？」

「光次郎殿に堀田堂石がどんな医者か調べると約束したのだ。そのことをはっきりさせないと、光次郎殿は納得されまい。それに御尊父を心より慕われていたので、強い疑念を持っておられる。まだお若いので、放っておけば間ちがいを犯しかねない。その前に手を打とうと思っているだけでござる」

「さようなことでございましたか。もし、わたしにできることがあればお手伝いいたしますが……」

「そのときにはお声がけをしましょう」

七

桑木道場を出た清兵衛はその足で、木挽町の医師木村良蔵を訪ねた。

「わたしは堀田堂石殿がどんな医者か存じあげていませんが、桑木新五郎殿に処方された薬を調べました。その薬は調剤が粗かったのでわたしはすぐにわかりました。堂石殿が秘薬とおっしゃっている薬には芥子《けし》の実が入っていました」

「芥子の実……」

清兵衛は鸚鵡《おうむ》返《がえ》しにいって、禿頭《とくとう》で白髪《しらが》眉の木村良蔵を眺めた。

「さよう。芥子の実は痛みを和《やわ》らげる効能がありますが、分量を違《たが》えると逆のはたらきをします。つまり、病状をかえって悪くするということです。わたしが桑木新五郎殿を診たときには、手遅れだと感じました。胃や腸のあたりに固い痼《しこ》りがあり腫《は》れていました。あきらかに悪い腫瘍ができていたのです」

「それは治すことができなかったので……」

「わたしが診ても治せなかったでしょうが、堂石殿の薬は死を早めたといってよいかもしれません」

「もし、堂石殿の薬を飲まなかったらもう少し命ながらえていたと……」

「おそらくもう少しは生きておられたでしょう。それが一年か三年かはわかりませんが」

ふむと、清兵衛はうなった。


茶屋の葦簀に飛んできた蟬がミンミンと元気よく鳴いた。

清兵衛は木村良蔵の家を出たあと新シ橋（三原橋）の近くにある茶屋で休んでいた。麦湯を飲み葦簀に張りついている蟬を見ながら考えた。

堀田堂石が秘薬と称する薬を飲ませたことで、桑木新五郎の死が早まったとしても、堂石に過失を認めさせるのは難しい。悪意があってのことならまだしも、堂石は桑木新五郎の病を治そうと思い薬を処方した。

そうであるならば堂石を責めることはできない。そのはずだ。しかし、光次郎はそれでは納得しないだろう。

（ならばいかがする）

清兵衛は自問自答する。

青い空にぽっかり浮かんで動かない白い雲を眺め、残りの麦湯を飲みほして腰をあげた。

足は堀田堂石の住まう霊岸島川口町に向かう。まずはどんな医者か探りを入れなければならない。

川口町界隈で堂石の噂はすぐに聞くことができた。近所の八百屋のおかみ、薪《しん》炭《たん》屋の主、履物屋の主などはおしなべて堂石を褒めこそすれ、悪いことはいわない。

「そこに越して見えたのは十月《とつき》ほど前だったでしょうか。近所に挨拶をしてまわられましてね。人あたりもよいし、いい医者が越してきたとうちの嬶《かかあ》と話していたんです。それで、さほど日もたたずに、かかった病人がつぎつぎと治ったというのです。なかなかそんな医者はいませんからね」

そういうのは古着屋の主だった。

「わたしもいい医者だという噂を聞いて気になっているのだ」

「お侍様もどこか具合が……」

古着屋の主はしげしげと清兵衛を見る。

「何かあったときに診てもらおうと思っているまでのことだ」

堂石の評判は悪くない。

清兵衛は直接堂石に診てもらった患者の話も聞きたくなった。その日、堂石の家を見張っていると、長羽織に慈姑頭《くわいあたま》の男が出てきた。そしてもう一人、助手であろうか小柄の太鼓腹が薬箱を提げてしたがっていた。

「もし。いま向こうに行ったのは医者だと思うが知っているか？」

清兵衛は茶を差し替えに来た茶屋の女に聞いた。茶屋の女は清兵衛の指さすほうを見てから、

「ああ、あれは堂石先生ですよ。往診に行かれるんでしょう」

と、あっさり答えた。

「薬箱を提げているのは手伝いの男か？」

「へえ、惣助《そうすけ》さんとおっしゃる人です。先生はこまめに往診に出かけられます。病人のことが心配らしく、呼ばれもしないのに様子を見に行かれるんです」

「熱心な医者なんだな」

「懇切なお医者様なんですよ」

茶屋の女は目尻にしわを寄せていう。清兵衛が堂石の去ったほうを見ると、亀島橋をわたるところだった。

清兵衛はすっくと立ちあがるとあとを追った。堂石は患者のところへ行くのだろうが、その様子を見てみたくなった。むろん患者宅に入ることはできぬが、話し声でも聞ければ十分だ。

堂石が訪ねたのは北紺屋町にある「但馬屋《たじまや》」という小さな麻苧《あさお》問屋だった。堂石は表から入らず、半間ほどの路地に入り裏の勝手口から訪ねた。

店は板塀で囲まれているが、低いので家のなかをのぞき見ることができた。夏場なので縁側を開け放してあり、店の奥にあたる寝所が見えた。そこに白髪の老人が浴衣姿で薄い夜具に座っていた。

そこへ、店のおかみらしき女にいざなわれて堂石が入ってきた。それにつづいて若い男も寝間に入った。

蟬たちが元気よく鳴いているが、家のなかの会話は聞き取ることができた。

白髪の老人は但馬屋の当主で、女はその女房だった。女房は堂石に何度も礼を述べ、堂石は老人に具合を尋ねていた。若い男がそばに座っているが、老人の倅のようだ。

「暑気には気をつけてください。今日は様子を見に来ただけですが、何かあったらいつでも遠慮せず呼んでください。どれ脈を……」

堂石は老人の脈を取り、そのあとで腹のあたりを触診した。

「辛いものや塩気の多いものは避け、消化のよいものを食べるよう心掛けてください。だいぶ顔色がよくなられた。夏を乗り切れば本復するでしょう。では、お大事に」

そういって堂石が腰をあげかけると、女房が薬礼（診療費）を尋ねた。

「なに、今日は様子を見に伺っただけです。薬礼はいりませぬ」

堂石はそのまま但馬屋を出た。それから二軒ほど患者の家を訪ねたが、そのときのやり取りを聞くことはできなかった。

日が傾いた頃に堂石は自宅に戻った。清兵衛はそれを見届けただけで、その日は家路についたが、堂石の評判はいたってよいし、但馬屋でのやり取りを聞くかぎり、親切で熱心な医者だという印象を受けただけだ。

こうなると、桑木光次郎の言い分は慕っていた父を失った衝撃と悲しみによる、逆恨みと考えることもできる。だが、清兵衛には引っかかりがある。木挽町の医師木村良蔵が証言したことだ。

――堂石殿の薬は死を早めたといってよいかもしれません。

それから、堂石は芥子の実を薬に使っていたが、木村良蔵は調剤が粗かったといった。つまり、薬の精製が粗雑だったということだ。言葉を変えれば、雑な仕事をしていたということになる。

清兵衛は暮れゆく空を眺めながら、もう少し探ってみようと考えた。

八

翌日も清兵衛は堂石の家を見張った。堂石は午前中は自宅で患者の診察をし、往診は主に午後だというのがわかった。

その日の昼前のことだった。親子の患者が堂石の家を訪ね、しばらくして出てきたが職人ふうの親はあきらかに腹を立てた様子で悪態をついて新川のほうへ歩き去った。さらに、品のよさそうな婦人が堂石を訪ね、さっきの職人ふうの親と同じように険悪な形相で出てきた。

清兵衛は気になった。婦人のあとを尾けていくと、長崎町二丁目にある「池田屋」という唐物《とうぶつ》屋の裏にまわった。どうやら婦人は池田屋の女房のようだ。

裏木戸に手をかけようとしたところで清兵衛は声をかけた。

「何か……」

顔を振り向けてきた女房は瓜実顔《うりざねがお》の美人だった。縞柄の絽の小袖に白い足袋《たび》。帯も小袖と同じ薄緑色。襟にのぞく白い襦袢《じゅばん》が女房の美貌を引き立てていたが、その顔には不愉快だという気持ちがあらわれていた。

「つかぬことを伺うが、そなたは堀田堂石殿を訪ねられましたな」

「はい」

「何か気に障ることでもござったか。いや、堂石に診てもらった知り合いが腹を立てているのだ。もしや同じようなことがあったのではないかと思い……」

「腹を立てずにはいられないのです」

女房は遮っていった。

「うちの奉公人に出した薬と同じものをわたしに飲ませたのです。これは秘薬だからといわれ信用して飲んだのですが、何の効き目もありません。たまたま奉公人が堂石先生に診てもらい、その薬と比べたらまったく同じものです」

「すると同じ病を患っておられたのか？」

「いいえ、奉公人は食あたりでした。わたしは頭痛でかかったのです。どうして食あたりと頭痛薬が同じなのでしょうか。それに奉公人の払った薬礼は安く、わたしはずいぶん高いお代を払ったのです。同じ薬なのにそんな馬鹿げた話はないでしょう」

女房はよほど腹を立てているらしく、早口でまくし立てた。折角の美貌も目に険が立つと台なしになる。

「秘薬とはなんであった？」

「練汁散《れんじゅうさん》です。奉公人がもらったのは黒丸子《こくがんし》です。ですが、どちらも同じ薬です。そんな馬鹿なことってありません。それで文句をいいに行ったら、見た目は同じに見えるが、中身はちがうから安心して飲んでくれですって。効きもしない薬は飲めないと申しますと、それだけの元気があるなら頭痛は治ったといわれたのです。とんだ藪でした。わたしはいまも頭痛が治まっていないのです」

女房は「はあ」とため息をついて、額に手をあてた。

「それはいただけぬ話だ」

「あんないい加減な医者だとは思いませんでした」

「さようであったか。いや邪魔立てをいたした」

清兵衛は来た道を引き返した。ここは一度仮病を使って自分も堂石にかかってみようかと考えた。

堂石の家に近づくと、堂石と惣助という助手が表にあらわれた。昨日と同じように惣助が薬箱を持ち、堂石は紗《しゃ》の長羽織姿だ。清兵衛と向かい合う恰好なので互いの距離が縮まる。

清兵衛は菅笠の庇《ひさし》を下げ、堂石を窺い見た。ふくらみのある頬にまるい顔。薄い眉の下に小さな目。唇も小さく濡れたように赤みが強い。人のよさそうな柔和な顔つきだ。

（これが名医か……それとも藪か……）

清兵衛は擦れちがいざまに心中でつぶやき、少し行ったところでくるりときびすを返した。そのまま堂石と惣助のあとを尾ける。

堂石と惣助はそのまま湊橋のほうへ歩き、南新堀一丁目の角を右に折れた。と、しばらく行ったところで、前から来た二人の侍が堂石に声をかけた。侍は身なりからどこかの勤番だとわかった。

　その一人が、

「これは堀田、堀田彦造《ひこぞう》ではないか」

　と、堂石に声をかけたのだ。

（堀田彦造……）

　清兵衛は商家の庇の下に身を移してやり取りを見守った。

「人ちがいでございましょう」

　堂石は何食わぬ顔で素通りしようとしたがその手をつかまれた。

「いや、おぬしは堀田彦造だ。おれのことを忘れたか。須山作之助《すやまさくのすけ》だ」

「お放しくだされ。わたしはいまや浪々の身。昔の名前は捨てました」

「おぬしが国を捨てたのは知っておるが……医者でもしておるのか。そのなりはそうであろう」

　須山作之助という侍は権高にいって堂石をにらんだ。

「医者に化けて何を企んでおる」

「企みなどとは無礼な」

「堀田、うまく逃げたつもりであろうが、天の目は誤魔化《ごまか》せぬぞ」

「わたしはもはや藩とは関わりのない者です。急ぎますゆえ」

堂石は須山につかまれていた手をそっと離し、そのまま歩き去った。

須山作之助はそれを見送り、同行の者を見て、

「あやつ、江戸にいたとはな。それも医者に化けてやがる。食えぬ男だ」

と、罵《ののし》るようにいった。

「どうします？」

「どうもできぬ。調べは終わっておるのだ。それにしても運のいいやつだ」

清兵衛は眉宇をひそめて、須山作之助を見た。すでに堂石と惣助は遠ざかり、つぎの角を曲がって姿を消した。清兵衛はどうしようか数瞬迷ったが、

「しばらくお待ちを」

と、庇の陰から出て須山作之助に声をかけた。面長《おもなが》の色の黒い男だった。

「何用であろうか」

須山は訝しそうに清兵衛を見た。

「わたしは桜木清兵衛と申す者。故あって堀田堂石を調べている者でござる。その堂石のことを須山殿は堀田彦造と呼ばれましたが……」

「うむ、あやつは堀田彦造だ。それがしは関宿《せきやど》藩久世《くぜ》家の者。堀田も一年ほど前

までは同じ家中にいた男だ」

一年前まで堂石は久世家の家来だったのだ。

「それがなぜ医者に……?」

「それは聞かれてもわからぬこと。だが、やつには藩費横領の疑いがかかってい
た」

清兵衛は眉を動かした。

「もし、よろしければ少し話をうかがわせてもらえませぬか」

須山は同行の男を見てから、

「用は終わったばかりなのでよかろう」

と、清兵衛の申し出を受けた。

九

その夜、清兵衛は光次郎が奉公している片桐右近の屋敷を訪ねた。門番に取次
を頼むと、光次郎は自分が住んでいる門長屋に通してくれた。
「それじゃ偽医者だったと……」

話を聞いた光次郎は驚きに目をみはった。同時にその目に憤怒の炎を燃え立たせた。

「堂石こと堀田彦造が藩を辞したのは、一年ほど前、そして川口町に医者として家を借りたのが十月ほど前。たった二月で医者になったことになる」

「世間をたばかる不届き者ではございませぬか」

光次郎は奥歯を嚙み、拳をにぎり締めた。

「いかにも。されど、久世家に召し抱えられておる間に、ひそかに医学を修めていたとなれば話はちがってくる」

「そのことについて須山作之助殿は何とおっしゃいました？」

「わからぬと。ただ、堂石には藩費横領の疑いがかかっていた」

「疑いはかかったが、使途不明金として片づけられたとおっしゃいましたね」

「須山殿はさようにいわれたが、誰もが堂石を疑っているようだとも付け加えられた」

「もし、堂石が横領したとわかればどうなるのです？」

「頭取の差配で片づけられているので罪は問えぬだろうと……。横領金は十五両。軽輩の身には大金だろうが、横領された金は藩にとっては小口であったので、大きく取り沙汰されなかった。また堂石の仕業だというたしかな証拠もなかった。疑いはあったが、ことが発覚したときには堂石は久世家を辞していた」

「いずれにせよ、我が父は堂石に命を縮められたことに変わりはありませぬ。おまけに藪どころか偽医者ではありませぬか」

「そこだよ」

清兵衛は行灯のあかりを受ける光次郎の端正な顔を見つめる。

「もし、堂石がひそかに医学を修めていたならば、いや、少なからず医学の心得があるなら医者と名乗ったときから医者になる。巷《ちまた》にはそんなにわか医者がいるのもたしか」

「許せることではありませぬ。人の弱みにつけ込んでの金儲けではありませぬか」

「そうかもしれぬが、堂石の罪を問うのは難しい」

「そんな……」

光次郎は悔しそうに口をゆがめた。

「ただ」

「なんでしょう……？」

「堂石は秘薬と称して偽薬を患者に飲ませている。それは詐欺《かたり》に他ならぬ。かたりの罪は重く死罪だ。かたりを重ねたのがわかれば獄門に処される」

「堂石は偽りの薬を飲ませ人の命を奪ったも同然。相応の罰を受けるべきです。責める手立てはないのでしょうか？」

「あるやもしれぬ」

清兵衛はそういってから、唐物屋「池田屋」の女房から聞いた話をした。

「まさにかたりでございますね」

「それだけではない。他にもありそうなのだ。これは調べればわかるだろう」

「桜木様、わたしは明日殿様に暇をもらいます。調べの手伝いをさせてください。そもそもこれはわたしの父の死に関わることでございます。わたしは何としても白黒つけたいのです」

清兵衛は光次郎の目に燃え立つ炎を見た気がした。その気持ちは痛いほどわかる。なにより自分も労咳と医者に決めつけられ、町奉行所を辞したあとで咳気だと判明したのだ。あのとき、最初に自分を診た医者を少なからず恨んだ。

しかし、どんなに名医といわれる医者でも誤診はするものだ。それが故意でなければ恨むことはできない。清兵衛を最初に診た医者は、自分の誤診を悔い、心底謝罪してくれた。だから清兵衛はその医者を恨むのをやめ、これが自分に与えられた運命だと諦観した。

だが、堀田堂石はどうであろうか？　もし、誤った診立てを数多くし、さらに偽薬を処方しているとなれば、病気平癒どころか害を蒙《こうむ》る者が増えることになる。

「よかろう」

清兵衛は光次郎に答えた。

翌朝、二人は堂石の家の近くにある茶屋で落ち合い、しばらく様子を窺うことにした。堂石の家を訪ねる患者は少なくないが、なかには昨日同様に腹を立てて帰っていく者も散見された。

「光次郎殿、いま怒って帰って行く者に話を聞いてきてくれぬか」

怒り心頭の顔で堂石宅を出てきたのは職人ふうの身なりだった。その男は東湊町のほうに歩き去った。

「桜木様は？」

「わたしは仮病を装って堂石を訪ねてみようと思う。終わったら、この茶屋に戻ってこよう」

「承知しました」

歩き去る光次郎を見送った清兵衛はそのまま堂石の家を訪ねた。

玄関に入るとすぐに助手の惣助があらわれ、清兵衛の病状を尋ねた。清兵衛はここしばらく頭痛がつづいていると話した。

「では、少々お待ちください」

惣助はそういって待合になっている小部屋に、清兵衛を通した。そこには少女と付き添いの母親がいた。

診察を待つ間にその母娘に話しかけると、十歳ほどの娘が腹を下しているということだった。

「堂石先生はすぐに治してくださるという話を聞いてまいりました」

商家の女房らしき母親はしおらしい顔で答えた。そのとき、突然診察部屋から大きな声が聞こえてきた。

「先生、これはよ。その辺の薬屋に売っている胆丸《たんがん》じゃねえか。おれがほしいのは先生のいう秘薬だよ。練汁散とかいう、それを出してくれ」

「少々値が張るがよいのかね」

「治るんだったら、金には換《か》えられねえだろう」

「ならばそれを出しておこう。朝晩、食事のあとに一包み飲みなさい。二、三日

「これで治るんだろうね。さんざん胆丸を飲んだが効かなかったからな。で、薬代は？」

「一朱（一両の十六分の一。二百五十文）になるが……」

その患者は金を払って診察部屋から出てきた。色の黒い大きな男だった。近くの職人らしい。清兵衛と母娘をちらりと見ると、そのまま家を出て行った。

母娘が呼ばれ、堂石の声が聞こえてきた。病状を尋ねると、娘の代わりに母親が答えていた。

「今年の夏はとくに暑い。食べ物も傷みやすいので腹を下す患者が多くてね。どれどれ、それではこの薬を……」

堂石はやはり朝晩に一包みずつ飲むよう指示して母娘を帰した。清兵衛はどんな薬か気になったが、そのまま聞かずに見送った。すぐに清兵衛が呼ばれた。

面と向かい合うと、堂石は柔和な顔で見てくる。慈姑頭には白いものが混じり、頰にふくらみのある顔は人がよさそうだ。

「頭痛がつづいているらしいですが、いかがされました？」

人あたりのよい穏やかな口調だ。

「ここしばらく頭が痛くて治らぬのです。家にある薬で誤魔化していましたが、いっこうに治らず困っているのです」

「暑気にあたられたのかもしれませんな。肩は凝っておられませぬか。目眩《めまい》はありませぬか？」

堂石は一応医者らしきことを聞く。

「いいや」

「胸を見せてください」

堂石は清兵衛の胸を指先で小さくたたき、脈を取り、額に手をあてた。その間、清兵衛は診察部屋を観察した。壁際に百味簞笥があり、堂石のそばには薬研《やげん》や乳鉢が置かれていた。部屋の隅には『医家初訓』『眼科新書』『養生訓』『蔵志《ぞうし》』『萬《まん》安方《あんぽう》』なる医学書が積まれていた。いかにも医者らしい部屋だ。

「熱はなさそうですな。では、これを飲んで様子を見てください」

堂石は触診をしたあとで薬の入った紙包みを清兵衛にわたした。薬の名を聞けば、葛根湯《かっこんとう》だという。

「ただの葛根湯ではありません。わたしの作った秘薬を混ぜてあるので効くはずです。飲んで様子を見てください。効かなければまた別の薬を出しましょう」

清兵衛はたったそれだけで一朱を払わされた。少し高い気はしたが払うしかない。

「先生、先生！　大変です！」

表から大きな声がして、無作法にも障子を開けた男がいた。

「いかがされました？」

「親父が、親父が死にそうです。すぐ来てください」

突然入ってきた男に清兵衛は覚えがあった。昨日、堂石が往診に行った北紺屋町の麻苧問屋「但馬屋」の倅だった。

「それはいかぬ。すぐにまいりましょう。桜木殿、さようなことなので大事になさってください」

清兵衛がそのまま表に出ると、すぐに但馬屋の倅に急《せ》き立てられる堂石が、惣助を伴って家を出ていった。

十

茶屋に戻ると光次郎と並んで座っている男がいた。光次郎が追った男だった。

「いかがでした？」

「よくはわからぬ」

光次郎に問われた清兵衛は、正直に答え、職人ふうの男を見た。

「話を聞きましたが、やはり堂石は曲者《くせもの》です。この者はそのことをよく知っています。本湊町一丁目の左官の棟梁《とうりよう》です」

「源助《げんすけ》と申しやす」

光次郎にうながされた左官の棟梁は名乗り、憤りを含んだ顔でまくし立てた。

「あっしはあの藪の化けの皮を剝がしてやったんです。手代の惣助って野郎は、あの藪が患者にわたす薬を本町三丁目にある大坂屋って薬種問屋から仕入れてんです。うちの嬶が見てるんで間ちがいのないことです。それをあの藪はてめえが作ったような面をして患者にわたしてんです」

「まことか……」

「嘘じゃありませんよ。それに金持ちの病人には往診を頼まれもしないで行って、恩を売ってやがんです。病人は心配して見に来てくれたんだと思って気をよくします。それで名医だなんて噂が立ったんでしょう。腹薬だといって頭痛薬を出すときもあるし、秘薬だという練汁散なんてあやしいもんですぜ。そのせいで、こちらのお侍の親爺さんは亡くなったっていうじゃありませんか。あの藪のせいで命を縮めたのは一人二人じゃありませんよ。騙されないように気をつけたほうがいいですぜ」

源助は噴き出る汗を垢《あか》じみた手拭いでぬぐった。

そのとき、堂石の家に三人の侍が入っていったが、戸が閉まっているので表に引き返してきた。一人は清兵衛が昨日話を聞いた須山作之助。もう一人は須山といっしょにいた平野《ひらの》周吾《しゅうご》という関宿藩の勤番だった。もう一人はわからない。

三人は表に立ち短く話し合っていたが、近くの蕎麦《そば》屋に入った。それを目の端で見た清兵衛は源助に顔を向け直した。

「話はわかった。堂石とは後ほどよくよく話をする」

「話をしてすむことじゃねえんですがね」

源助は一言残して戻っていった。

「桜木様、いかがされます？」

「堂石は『但馬屋』という店に行っている。じきに戻ってくるはずだが、それまで向後のことを考えよう」

「堂石のことはいろいろわかっています。訴えればやつは安泰ではないでしょう」

「そうであろうが、もう少したしかなことを知りたい」

清兵衛はやってきた店の者に冷や水を注文した。

「たしかなことを知っていかがされます。もうやつのことはあらかたわかっているではありませんか。わたしは父のこともありますが、騙された患者のためにも成敗してやりたい」

光次郎は憤慨した顔で刀の柄《つか》をたたいた。

「まあ、落ち着いて……」

清兵衛は光次郎を窘めてから、運ばれてきた冷や水に口をつけた。

照りつける日差しが足許の地面を熱くしている。逃げ水の見える通りの先から、腹掛けに褌一丁というなりの棒手振りがやってきて、団扇売りと擦れちがった。

ときどき吹いてくる生温かい風に揺られる風鈴が音を立てた。

堂石が惣助と戻ってきたのは、それから小半刻とたたない頃だった。しかし、その二人を追ってくる者がいた。「但馬屋」の倅のようだ。

眺めていると、但馬屋の倅は堂石を罵っているようだった。そして堂石と惣助は逃げるように歩いている。

「あんたのせいだ。薬と称して毒を飲ませたのではないか。なぜ、何もいわない。

だんまりで逃げるつもりか」

但馬屋の倅の声が聞こえてきた。堂石と惣助はそのまま玄関に向かった。ところが、今度は別の男たちがあらわれた。蕎麦屋に入ったさっきの侍三人が店から飛び出してきたのだ。

「堀田彦造、待て！」

声をあげたのは須山作之助だった。

立ち止まった堂石が振り返ると、別の侍が前に出た。

「彦造、おれはきさまのために汚名を着せられ恥をかいた。なにゆえ、そうなったかおのれの胸に手をあてればわかるであろう」

「大島孫三郎《おおしまごさぶろう》殿ではないか。いったい何をおっしゃりたい」

堂石は落ち着いた声音《こわね》でいったが、逃げ腰である。

「何をおっしゃりたいだと！　きさまが藩費をくすねたせいで、おれに疑いがかかったのだ！　これ以上の問答は無用。覚悟ッ！」

大島孫三郎はすらりと刀を抜いた。堂石は腰砕けのように後じさった。

それを見ていた清兵衛は、脱兎《だっと》のごとく茶屋から駆け出した。大島孫三郎は一歩足を踏み出し、刀を八相に構えた。いっしょについてきた須山作之助と平野周吾は少し離れた場所で傍観している。

「や、やめてくれ。は、早まるでない」

「黙れッ。おりゃあ！」

大島は刀を振りかぶった。その瞬間、清兵衛は二人の間に入った。

「待たれよ」

「貴殿は？」

　血相を変えている大島が問うた。

「ここは将軍お膝許、刃傷は許されぬ。まして、貴殿は譜代大名家の家臣、主君久世長門守《ながとのかみ》様に迷惑をかけることになる。刀を引かれよ」

「うう っ……」

　大島は躊躇った。

「桜木殿、邪魔立て無用。堀田彦造は、藩にとって奸賊《かんぞく》も同じ」

　須山作之助だった。

「公金横領の一件、すでにご家中にて片づいているならば、罪は問われぬはず。ここで刃傷を起こせば、貴殿らは相応の刑罰を受けなければならぬ。そうではないか」

清兵衛は刀の柄に手をかけたまま、大島と須山を諭す。

「堀田堂石こと堀田彦造をここで討てば、貴殿らは殺しの咎《とが》で縄を打たれるばかりでなく、国許の妻子にも累が及ぶはず」

大島は大上段に刀を振りかぶったまま迷っている。その額に浮かんだ汗が頰を流れていた。

「堂石には詐欺《かたり》の疑いがある。この疑いは御番所での吟味となる。いずれ明々白々となれば貴殿らの遺恨も晴らせるはずだ」

「詐欺、だと……」

「さよう医者を装い、患者に偽薬を与え死を早めるという不届き千万の行いをしている」

「わたしはさようなことは……惣助、きさまが、きさまが……」

尻餅をついている堂石は、助手の惣助に恨みがましい目を向けた。惣助は薬箱を足許に落とし、そのまま逃げようとしたが、清兵衛がさっと動いてその首筋に刀をぴたりとつけた。

「逃げたら首が飛ぶと思え」

清兵衛は脅しておいてから、

「光次郎殿、堂石と惣助に縄を打つのだ」

と、命じた。

清兵衛に指図された光次郎は素速く動き、刀の下緒《さげお》を使って堂石に縄を打った。

「大島、刀を引け。桜木殿のおっしゃるとおりだ。あとのことはまかせよう」

須山にいわれた大島はやっと刀を下げ、そのまま鞘に納めた。

須山ら三人が去って行くと、

「桜木様、この者らは……」

と、光次郎が堂石の襟をつかんで立たせた。

「まずは番屋にて詮議をし、町方に預けよう」

十一

十日ほどたった日の暮れだった。その日の散歩を終えた清兵衛は、途中の菓子屋で大福を買い求めてぶらぶらと家路についていた。

西日が強く、地熱が足許から這い上ってくるので汗はいっこうに引かない。おまけに暑さをいや増す蟬の声がうるさい。

(暑さも彼岸までだ。もう少しの辛抱であるな)

胸中で独りごちて夏空を眺める。

(そろそろお裁きが下りてもよい頃であるが、さてどうなったのやら……)

ぼんやりとそんなことを考えた。

堂石と惣助を捕縛したあと、清兵衛は霊岸島町の自身番に二人の身柄を預けたが、あとのことは自身番の者と光次郎にまかせた。光次郎は焦ったが、清兵衛は自分は事件の当事者ではないから、父親を亡くしたそなたがありのままを証言すべきだと身を引いていた。

「やっとお帰りですか。お客様がお待ちですよ」

自宅玄関に入るなり、安江がやってきて告げた。

「お客……?」

「桑木光次郎様です。どうしてもあなた様にお知らせしなければならないことがあるとおっしゃるので、待っていただいているのです」

清兵衛が座敷にあがると、肩衣半袴《はんばかま》姿の光次郎が慇懃《いんぎん》に頭を下げた。

「今日はまたどうしてそのような」

清兵衛は光次郎を見ていった。

「先の一件の裁きが下されました。その帰りでございます」

「さようであったか。それで……」

「堂石こと堀田彦造と助手の惣助は獄門と相成りました」

「すると、かたりの罪を免れることはできなかったのだな」

「あのあと、何人もの証人がお白洲《しらす》にて詮議のうえ証言いたしました。堀田彦造に医者仕事を勧めたのは、惣助だったのです。やつは、元は浜松藩水野《みずの》左近将監《さこんのしょうげん》様の家来で姓を和崎《わざき》といいます」

光次郎はそういってその経緯を話した。

堂石こと堀田彦造が和崎惣助と知り合ったのは、二年前に彦造が江戸勤番を勤めているときだった。二人は少禄の下士でうだつのあがらない身分だったが、惣助はその頃、津軽藩中屋敷詰めの家来と知り合い、津軽には万病に効く薬があり、これを扱う医者が大儲けしているという話を聞いた。

そこで惣助はその薬のことを調べ、たしかに評判がよく儲けている医者がいることを知った。しかし、薬の成分になる海狗《おっとせい》の睾丸を手に入れることはできない。

だが、それに似た薬を作って医者仕事をすれば、ひと儲けどころかお大尽になれると夢想した。さりながら惣助は医者に相応《ふさわ》しい容貌ではない。

そこで知り合った彦造に話を持ちかけた。彦造は話し方も温厚で人あたりのよい顔をしている。医者になれと説得をしてみれば、ひとつやってみようかと乗り気になった。

しかし、彦造は医学の知識がない。それを不安がったが、惣助は世に出まわっている医学書をひととおり読めばなんとかなると持ちかけた。

三十石取りの軽輩だった彦造は、金に目が眩《くら》んでいたから、惣助が揃えてくれた医学書を寝る間も惜しんで読み、それなりの知識を得た。

しかし、薬の製法がわからない。それも惣助が入れ知恵をした。薬は薬屋で仕入れればよい。その薬がどんな病気に効くかも頭に入れておけば、あとは患者の話を聞いて処方するだけだ。

それから秘薬があると触れ込み、これを高く売りつける。その秘薬というのが「練汁散」だったのだが、その辺の粉薬にすり潰した芥子の実を混ぜるだけだった。芥子の実には鎮静や鎮痛と同時に、神経を麻痺《まひ》させる効能があるので、おそらく多くの病気に有効だと考えたのだ。

かくして二人は示し合わせて彦造が堂石という名で医者となり、惣助が陰で堂石を支える助手として開業に至った。

「浅知恵ではじめた商売も長くはつづかなかったというわけだ」

清兵衛は扇子を使いながら光次郎を眺めた。

「惣助が仕入れていた薬のほとんどは、本町三丁目の薬種問屋『大坂屋』から仕入れていたのもはっきりいたしました」

「挙げ句の果ての獄門か……」

「自業自得でございましょう」

「されど、これでそなたの思いを果たすことはできたのではないか。亡き父上も草葉の陰で、少しは救われたと思っていらっしゃるかもしれぬ」

「そうであることを願っております。それから、桜木様……」

光次郎はあらたまって両手をついた。

「此度《こたび》のことが手柄として認められ、殿様が勘定方に出仕できる手はずを整えてくださいました。桜木様のおかげでございます。あらためてお礼申しあげます」

「それはなによりであった。されどわたしは礼をいわれる筋合いはない。そなたの思いが通じたのだ」

清兵衛は嬉しそうな笑みを浮かべて光次郎を眺めた。

軒先の風鈴が夕風を受けて、ちりんちりんと鳴った。

第三章　逆恨み

一

屋根をたたく雨音がつづいていた。部屋は薄暗く行灯から出る煙が薄くたなびいていた。千住宿にある「亀屋《かめや》」という飯盛り宿だった。

伝之助《でんのすけ》の隣にはちとせという女が、白い裸身をさらけ出し、両の足を交叉させて寝ていた。伝之助に背中を向けた恰好だ。小さな尻は形はよいが、肉付きがよくない。それでもちとせは何度も喜悦の声を漏らして果てた。

伝之助は腹這いになって煙草盆を引き寄せ、煙管に火をつけて吹かした。行灯のあかりがその横顔を照らし、陰影を作った。狭い額に鷲鼻《わしばな》、ぎらついたような大きな目に頬肉が抉《えぐ》られたように削《そ》げていた。

紫煙を吹かすと、薄い唇を引き締めて宙の一点を凝視した。

「おめえの兄貴を殺《や》ったやつのことはわかっている」

二月前、五年ぶりに新宿《にいじゅく》に戻ってきた矢切の源蔵《げんぞう》がそういった。

伝之助はカッと目をみはって、誰だと聞いた。

「江戸にある町奉行所の与力だ。桜木清兵衛って野郎だ」

「役人か……」

源蔵は硬い表情で「ああ」と、うなずいた。伝之助の兄は伝蔵《でんぞう》といった。歳は十五も離れていたが、伝之助は伝蔵を慕っていた。伝蔵は家業の経師屋《きょうじ》を放り投げ、金町《かなまち》や亀有《かめあり》あたりを縄張りにしている博打打ちだった。ときに金町松戸《まつど》の関所を破って市川《いちかわ》の賭場《とば》にも出入りしていた。

伝蔵が江戸で大博打をするといって新宿を離れたのは五年前のことだ。それから沙汰なしとなった。伝之助は兄伝蔵が博打でひと儲けをし、田舎に見切りをつけて江戸で暮らしているものだと思い込んでいた。

その伝蔵が死んでいた。衝撃は大きかった。元気な顔をまた見られる。いつか兄貴は帰ってくる。おそらく故郷に錦《にしき》を飾るのだろうと思い込んでいた。

ところがそうではなかった。江戸に出て間もなく死んでいたのだ。

「なんで役人に殺されたんだ？」

伝之助は源蔵をにらむように見て聞いた。相手は十八も年上だが同等の口を利いた。伝蔵といっしょに江戸に行ったくせに、なぜおまえだけ生きて帰ってきたという恨みに似た感情があるからだった。源蔵は対等の口を利かれても何もいわなかった。

「おれたちゃ浅草にある賭場で大きな賭けに出た。案の定儲けは多かった。だが、賭場を仕切っていた野郎らが因縁をつけてきた。数で負けるんでそのときは引き下がってやったが、おとなしく引っ込んじゃおれねえ。何しろ勝ち金の半金を値切られたんだ。おれと伝蔵は日をあらためて、賭場を仕切っていた政吉《せいきち》という代貸と話をつけようとしたが、門前払いを食った。それで頭にきたんで、政吉の家を焼き払おうとした。ところが、そのことがどこで知れたのか、乗り込んだとたんに町方がやってきて一騒動だ。そのどさくさで伝蔵が斬られたんだ」

「なんであんたは生きてる？」

「おりゃあ逃げたんだ。殺されちゃたまらねえからな。だが、逃げ切れなかった。翌朝、しけ込んでいた安宿に町方が乗り込んできてお縄だ。おれは伝蔵の付き添いで揉め事には一切関わりがないといい張った。ひでえ拷問《ごうもん》を受けたが、頑《がん》として口を割らなかった。それで人足寄場に入れられた。それで二月前にやっと出ることができて戻ってきたってわけだ」

　伝之助はすべてを信じる気にはならなかったが、こいつは長くないと感じたので黙っていた。源蔵には昔の覇気はなく、顔色も悪く痩せていた。

「兄貴をやった町方はどんな野郎だ？」

　伝之助は伝蔵が殺されたと聞いたときに、敵を討とうと決めていた。

「これはおれが描いた似面絵《にづらえ》だ。どこまで似てるかわからねえが……」

　源蔵は懐から一枚の半紙を出して伝之助にわたした。

「北町奉行所の風烈廻りだ」

「桜木清兵衛っていうんだな」

「そうだ。おめえがどう思うか勝手だが、伝蔵のことを知らせるついでに教えておこうと思ってな」

「気をまわしてくれたのかい」

「何も知らねえよりゃいいだろう」

「これはもらっておくぜ」

　兄の死を知らせに来た源蔵は、似面絵をもらって四日後に町外れのあばら家で死んでいた。医者の診立ては病死ということだった。だが、伝之助は源蔵の死に何の感情も持たなかった。野良犬がその辺で死んだぐらいの思いだった。

その一方で、兄伝蔵の敵討ちをしなければならぬという思いが、腹の底でふつふつと煮え立った。


吸っていた煙管を灰吹きにたたきつけたとき、女が寝返りを打って伝之助の首に腕をまわしてきた。

「ねえ」

と、甘ったるい声でささやく。華奢《きやしや》な体のわりには乳房が豊かな女だった。その乳房が伝之助の胸にあたった。

「あんた、どこから来たの?」

潤《うる》んだような目を開けて女が聞く。

「暗いな。行灯が……」

伝之助は女の問いには答えず、枕許の行灯を見ていった。女は気だるそうに半身を起こすと、行灯の蠟燭《ろうそく》の芯を切った。にわかに部屋のなかが明るくなり、女の肌の白さが際立った。

「新宿だ」

女の小さな背中を見てさっきの問いに答えた。

「それはどこ？」

女が振り返った。

伝之助は手首をつかんで引き寄せると、女の上になった。女は嬉しそうに口許をゆるめると、下腹を突くように腰を動かした。伝之助はそっと片手を女の股間に滑らせた。もう潤っていた。

「朝までやるか……」

伝之助は女のなかに深く入った。

「ああ……」

女は眉間にしわを寄せ、愉悦の声を漏らした。

雨音はつづいていた。

二

雨はあがっていた。

千住宿を離れた伝之助は江戸の中心部に向かって足を進める。日の光を照り返す湿った地面の上を燕たちが舞い交っていた。

菅笠に木綿の着流しを端折《はしょ》り、股引《ももひき》に手甲脚絆。腰に長脇差をぶち込んで歩く伝之助は、通りに並ぶ商家や擦れちがう町の者たちを、目深《まぶか》に被った菅笠の陰から注意深く見た。

（やっぱ、江戸は田舎とはちがうな）

心中でつぶやき、兄貴はこんな町に来て殺されたのだ。そう思うと、薄れかけていた復讐の炎がまたもや腹の底から燃え立った。

（兄貴、敵はきっちり取ってやるぜ）

自分にいい聞かせて足を進める。

ときどきいやな視線を送ってくる者がいる。目を合わせると、相手はすぐに視線を逸《そ》らした。千住宿には旅装束の者が多く、そう目立ちはしなかったが、市中に入るにしたがい伝之助の身なりをめずらしそうに見る者が増えた。

それとも伝之助が漂わせている、ある種独特の殺気が人の目を惹くのかもしれない。上野から神田に入り、適当な店に立ち寄り、北町奉行所への道を尋ねながら足を進めた。急ぐ旅ではないので、大戸を開けている商家を眺めながら歩く。

間口五間も六間もある大きな問屋があれば、間口一間もない小店もある。

店の数は驚くほど多く、商売もいろいろだ。米問屋・酒屋・呉服屋・古着屋・瀬戸物屋・菓子屋・本屋に八百屋……。天秤棒を担いだ振り売りもいれば、大きな箱を背負った行商もいる。

店の前で呼び込みをする小僧、黙々と煎餅《せんべい》を焼いている親爺、立ち話をしている着飾った町娘……。路地から出てきた犬が、通りを横切り反対の路地に消えていく。

道を尋ねながら呉服橋のそばに辿り着いたのは、四つ（午前十時）を過ぎた頃だった。堀際にある茶屋の床几に腰をおろして茶を注文し、堀の向こうに見える大名屋敷を眺める。どの屋敷も大きく、海鼠壁《なまこかべ》に高い塀がめぐらされている。塀越しに新緑の欅《けやき》や銀杏が見え、その奥に母屋の甍《いらか》が日の光に照り輝いていた。

さらに視線の奥にお城を見ることができた。あれが天下の江戸城かと思うと同時に権威の大きさを感じさせられた。

茶を運んできた小女に、六尺棒を持った門番の立っているのが北町奉行所かと尋ねると、そうだとうなずかれた。

門は長屋門で、その奥に屋敷母屋が窺い知れる。呉服橋を裃半袴《かみしもはんばかま》の侍が行き交っている。奉行所の門から出てくる着流し姿の者がいた。三人の供をつけて橋のほうに歩いて行く。

（桜木清兵衛……いってぇどんな野郎だ……）

伝之助は懐から似面絵を出してじっと眺めた。源蔵が死ぬ前にわたしてくれたものだ。

その絵は何度も見ているので、伝之助の頭に桜木清兵衛の顔が浮かぶ。

背はやや高く中肉、歳は五十前後。髷《まげ》は小銀杏。やや面長で鼻筋通り、目は大きくも小さくもなく鋭く眉は逆八の字、口は並である。黒子《ほくろ》や傷などの特徴はなかった。

源蔵が描いたこの絵がどこまで桜木清兵衛に似ているかわからないが、いまはこれだけが頼りだった。

似面絵を懐にしまい、町奉行所に目を向けた。まさか直接訪ねて行くわけにはいかない。だが、桜木清兵衛の家や身内のことを探らなければならない。敵討ちはそれからだ。

「旅の方ですか？」

茶を差し替えに来た小女に聞かれたので、そうだと答えた。女は納得顔で下がったが、自分を見る目に奇異の色があった。

伝之助は自分の身なりをあらためて見直した。これじゃ目立つかもしれねえ。そう思い、手甲だけを外した。股引と脚絆は今夜の宿で外そうと決めた。荷物は持っていなかった。腹に巻いた胴巻にたっぷり路銀を入れている。金さえあれば荷物などいらないと高を括って家を出てきたのだった。

その茶屋で人足寄場はどこだと聞いた。源蔵が約五年間暮らしたという寄場を、なぜか見ておきたかった。

道順を教えてもらったが、よくわからなかった。しかたなく途中の町で何度か尋ねて人足寄場の近くまで行くことができた。

そこは鉄砲洲にある寄場之渡だった。川とも海ともつかない沖に人足寄場が見えた。伝之助がいる舟着場から寄場まで二町（約二一八メートル）ほどだろうか。

伝之助は近くに置いてあった腰掛けに座って寄場を眺めた。

（あそこに源蔵が……）

心中でつぶやく伝之助は、源蔵が自分に告白したことを信用していなかった。兄伝蔵を見限って自分だけ逃げ、そしてうまく死罪を免れて寄場に入れられ生きて帰ってきたのではないかという疑いを抱いていた。しかし、その源蔵も死んでしまった。

ざまあみやがれという気持ちも伝之助の胸底にあった。鷗《かもめ》や海鳥が飛んでいた。陽光にきらめく穏やかな波が岸壁に打ち寄せ、ゆっくり引いていく。

（兄貴……）

伝之助は菅笠の陰になっている目を細めた。

元気だった頃の兄伝蔵の顔が脳裏に甦る。歳が十五も離れていたせいか、伝蔵は伝之助を幼い頃から可愛がってくれた。

「おめえにゃ苦労はさせねえ。おれのいうことを聞いて立派な男になるんだ。親爺を見てりゃわかるだろうが、経師屋なんて儲かりゃしねえ。男なら大きなことをやるんだ。人に使われるような男になるんじゃねえぜ」

ことあるごとに伝蔵は伝之助にいって小遣いをくれた。両親には親不孝者のろくでなしと罵られ、近所の者も伝蔵を毛嫌いしていた。それでも伝蔵は、伝之助にとってやさしい自慢の兄だった。

歳上の男にいじめられたことがあった。泣いて帰ると、誰にやられたと伝蔵は聞いた。伝之助がどこそこの誰だというと、そのまますっ飛んで家を出て仕返しにいった。それ以来、伝之助に手を出したり喧嘩を売ってくる者はいなくなった。

その伝蔵は新宿を去り江戸に出たが、すぐに帰ってくると思っていた。伝之助は家業の経師屋を手伝っていたが、伝蔵がいなくなって一年ほどたつと、うだつのあがらない経師仕事を放り出し、放蕩《ほうとう》に耽《ふけ》るようになった。

亀有や青戸《あおと》に足を運んで博打を打つようになり、些細なことで喧嘩をするようになった。女も作ったがすぐに逃げられた。心がねじ曲がってきたとわかったが、自分を変えるつもりはなかった。

博打も喧嘩も度胸だった。怯《ひる》んだら負けだとおのれにいい聞かせ、血だらけになっても相手を半殺しにするまで戦った。金町や柴又《しばまた》の地廻りと喧嘩をして半殺しの目にあったが、それは相手が多かったからだった。

伝之助は傷が癒えると、長脇差を持って地廻りの家に殴り込みをかけた。相手も刀を持ちだして向かってきたが、伝之助は斬られてもすぐに斬り返した。気づいたときは顔面血だらけだった。腕や腹を斬られたが、相手の太股と腕を斬っていた。止めに来る者がいなかったので、ついに横腹を突き刺して倒した。

殺したと思ったが、死んではいなかった。それ以来、伝之助は新宿界隈で怖れられるようになった。なかには〝すっぽんの伝之助〟と呼ぶ者もいた。

近所の者は伝蔵って兄貴はろくでなしだったが、弟も同じろくでなしになったと噂しあった。家業は傾き、父親は二年後に死んだ。母親もあとを追うように半年後に死に、伝之助には小さな家が残っただけだった。

家業を継いだところで仕事が来る見込みはなかったので、伝之助は強請《ゆす》りたかりをし、博打で食いつないでいた。文字通りの札付きの悪になっていたが、それも兄伝蔵が帰ってくるまでだと決めていた。

だが、伝蔵は帰ってこなかった。縁もゆかりもない江戸で殺されたのだ。骨もなければ髪の毛一本も残っていない。

髻《もとどり》でも残っていれば慰めになっただろうか……。そこまで考えたとき、伝之助の胸に侘《わび》しい風が吹き寄せてきた。いつにない感情がわいてきて胸が苦しくなった。

――おれのいうことを聞いて立派な男になるんだ。男なら大きなことをやるんだ。人に使われるような男になるんじゃねえぜ。

ことあるごとに伝蔵にいわれた言葉が脳裏に浮かぶ。兄貴は放蕩の限りを尽くしていたが、おれも同じようなことをやってきた。そろそろ足を洗わなきゃならねえ。兄貴のいい付けを守らなきゃならねえ。それが兄貴の望みだったんだ。それなのに血迷ったことをさんざんやらかしてきた。

「兄貴、すまねえ」

伝之助は遠くの空を見てつぶやきを漏らした。

三

町屋の屋根をすべり降りた日の光が、川端の一隅を照らし、そこに咲く小さなどくだみの白い花を浮きあがらせていた。いつもなら気にもせず見過ごす花だが、日のあたり具合がよいのか可憐に見えた。

散歩帰りの桜木清兵衛はしばらくその花を愛でてまた歩き出した。今日はいつになく遠出をした。

愛宕《あたご》権現に登ってきたのだ。頂上から眺める江戸の海と眼下に広がる町屋が、なんとなく心を豊かな気持ちにさせてくれた。

つぎは安江を伴って行きたいと思った。あれも家のことばかりで、すっかり遠出をしなくなった。たまには芝居でも何でもよいから行けばよいと思うが、勧めれば歳を取ったせいか億劫だという。

見た目はまだ若い安江だが歳には勝てぬのだ、といってやろうか。足腰が丈夫なときに歩いておくのに損はないはずだ。

(うん、今日はそんな話でもするか)

一人勝手に考えながら玄関に入ったとたん、安江が嬉しそうな顔で出てきた。

「遅かったではありませんか。真之介《しんのすけ》が来ているのですよ。あまり待たせると待ちくたびれて帰ってしまうところでした」

安江はそういって座敷に声をかけた。

「真之介、お父上のお帰りですよ」

清兵衛は濯《すす》ぎを使って座敷にあがった。毎度のことではあるが、安江は倅が来るとよほど嬉しいらしく顔をほころばせてまめに動く。

「もう日が落ちますけれど、お酒でもつけましょうか。真之介、急いで帰る用はないのでしょう」

安江が台所から声をかけてくる。

「今日は非番か?」

清兵衛は安江の声に首をすくめた真之介の前に座った。

「はい。道場に行くつもりでしたが、どうも気になっていることがあって父上に話しておこうとまいった次第です」

「気になっていること？」

清兵衛はそう聞いた後で、一杯やるかと飲む仕草をした。じつは清兵衛も倅の顔を見ると内心嬉しい。自分の跡を継いで当番方与力になっているが、まだ助役(本勤並《ほんづとめなみ》)だった。

「喜んでご相伴《しょうばん》いたします。よい酒をもらっていたので持ってくればよかったですね」

「今度は忘れず持ってきなさい。安江、一献《いっこん》やるので頼む」

清兵衛は台所に声をかけ、あらためて真之介を眺めた。

「少し太ったか？」

「あまり変わっていないと思いますが……」

「さようか。それで気になる話とは何であろうか？」

清兵衛は話柄《わへい》を戻した。

「数日ほど前からのことです。父上のことを尋ねまわっている男がいるらしいのです。気にするほどのことではないと思っていましたが、わたしの屋敷近くでも父上のことを聞いている男がいると耳にしたのです。何か心あたりはありませぬか？」

「はて、どんな男だろう？」

「歳は三十過ぎで中背、着流しに一本差しらしいのですが、人相と目つきがあまりよくないという話です」

「それだけではわからぬな。名はわかっておらぬのか？」

真之介は首を横に振った。

「名前がわからぬなら見当がつかぬ。一本差しというと博徒か？」

「そうは見えないらしいのです。どうも無頼の浪人のような風体《ふうてい》だといいます。どこから来た者かもわかっておりませぬ」

「その者がわたしを捜しているということか……さて、何の用であろうか？」

腕を組んで考えても清兵衛にはぴんと来ない。ひょっとすると昔世話をした男かもしれない。

清兵衛は現役時代に幾人もの罪人を扱っている。なかには厳しく接しながらも懇切に説得をして、更生させた者もいる。また、なんらかの被害にあった者を救ったことも少なくない。

清兵衛がそんな者のことを忘れかけた頃に、ひょっこりとあらわれ挨拶かたがた礼をしにくる者もいた。

「おまえはその男を見てはいないのだな」

「はい。人伝《ひとづて》に聞いただけです。ですが、その男の風体だけでなく様子が気になるらしいのです」

「様子が気になる……」

「なんでも言葉つきがぞんざいで、態度も無作法で、近寄りがたい顔つきでもあると……もしや、父上に恨みを持っている男かもしれないと思ったのです」

「さあさあ、持ってきましたよ。いま、別の肴を持ってきますけど、真之介はきんぴら牛蒡《ごぼう》が好物でしたね。それを出しましょうか」

酒を運んできた安江が燗酒《かんざけ》と肴を置いていった。肴は大根おろしにしらすをぱらっと散らしたものだ。

「辛めのきんぴらでしたら是非にも」

真之介が答えると、安江はいそいそと台所に戻りながら、刺身でも買っておけばよかったと独り言をつぶやいた。

「まあ、やろう」

清兵衛は真之介に酌をしてから、独酌して盃を口に運んだ。

「わしに恨みを持っている者かもしれぬとな。さて、そんな者は……」

「父上に心あたりがなければしかたありませんね。されど、しばらく気をつけられたほうがよいかもしれませぬ」

「うむ。そうだな」

清兵衛はそう答えながらも一体誰であろうかと頭の隅で考えるが、やはり見当はつかない。

「その者はわしのことをどこまで知っているのだろうか？　もし、おまえの屋敷を訪ねるようなことがあったら、しっかり聞いておいてくれ」

「承知しました」

真之介が答えたとき、また安江が戻ってきた。

「このきんぴらはほんとうによくできたのよ。ちょっと辛めに作ったからお酒の肴にはよく合うでしょう。よかったら持ってお帰りなさい」

「はい、少しいただいて帰ります」

清兵衛は二人のやり取りを眺めながら、いったい誰が自分を捜しているのだろうかと、また考えた。

四

江戸に来て五日がたっていた。

伝之助はいまだ桜木清兵衛を捜せずにいた。ただ、清兵衛が町奉行所を辞めて隠居したということはわかった。そして、八丁堀の組屋敷には清兵衛の倅が住んでいることがわかった。倅の名前は真之介で北町奉行所の当番方与力だった。

伝之助は真之介の顔を覚えた。色白の端正な顔つきだ。歳は二十三、四であろう。奉行所の行き帰りには若党・槍《やり》持ち・草履《ぞうり》取り・挟箱《はさみばこ》持ちを連れている。町奉行所の与力はみなそうしているようだ。同心になると中間を一人連れているだけだった。

それに身なりで与力と同心のちがいがわかった。与力は継裃だが、同心は着流しに紋付の黒羽織だった。

四つ（午前十時）になると八丁堀の屋敷地は静かになる。それまでは同心が出勤し、そのあとで与力の出勤があった。

伝之助はその時間を狙って組屋敷地に入った。桜木真之介の屋敷には女中がいたが、直接訪ねるのは、のちのちのことを考えると賢くない。自分のことは相手に知られてはならない。伝之助は注意深くなっていた。

屋敷地をひとめぐりしたとき、真之介の屋敷に近い同心の家から女中が出てきた。買い物に行くようだ。伝之助はこっそりあとを尾《つ》け、楓川の河岸道に出たところで声をかけた。

「もし、伺いやす」

手に空籠を提げた女中は立ち止まって振り返った。少し猫背の大年増だった。化粧気のない顔に小じわが目立った。

「何でしょう……」

女中は訝しげに見てくる。伝之助は警戒されないように卑屈な笑みを浮かべ、小腰を折り、ぺこぺこ頭を下げた。

「桜木清兵衛様のお屋敷の近くに奉公してますね。もう何年も前ですが、あっしは桜木様にお世話いただいた者で、江戸に来たんで挨拶に寄ったんですが、お屋敷がわからないんです。もし、ご存じでしたら教えてもらえませんかね」

「あの旦那様でしたら、隠居されていまはお倅の真之介様が跡を継いでいらっしゃいます」

「隠居されたんですか。そりゃ知らなかった」

伝之助は必要以上にへりくだって頭を下げる。そのことに女中は優位を感じたのか、口が軽くなった。

「もう何年たつかしら。いまは鉄砲洲のほうにお住まいだと聞いています。いい
旦那様でしたよ。この頃はとんと見かけませんけど……」

「鉄砲洲……そりゃどの辺で？　なにぶん田舎もんで、江戸の土地には暗いんで教えてもらえませんか」

「本湊町と聞いています。本湊町のどこかはわかりませんが、行って誰かに尋ねたらわかるんじゃないかしら。あなた、どこから見えたの？　お名前は？」

「あっしは与作《よさく》と申しやす。下総《しもうさ》からやってめえりやした」

適当なことをいうと、女中は疑うふうでもなく、

「とにかく本湊町に行ってお尋ねになるといいわ」

そういって、会えるといいわねと付け足した。

女中と別れた伝之助は「本湊町、本湊町」と何度か胸のうちで繰り返した。河岸道のどん突きまで来ると、目についた青物屋のおかみに本湊町の場所を尋ねた。

「本湊町だったらすぐだわ。この堀川を下って行くと右のほうに湊稲荷って神社

が見えるわよ。そのお宮の南にある町屋がそうよ」

「どうもご親切に……」

伝之助はまた卑屈に頭を下げて青物屋を離れた。なんでえ、この前人足寄場を見に行ったあたりの町屋じゃねえかと、胸中で吐き捨てる。

本湊町へ足を運ぶと、町をひとまわりした。通りには小店が並び長屋があった。武家屋敷みたいな家が数軒あったが、桜木清兵衛がどこに住んでいるかまではわからなかった。

鉄砲洲の河岸道に出て乾物屋に立ち寄り、それとなく桜木清兵衛の家を尋ねると、

「桜木の旦那様だったらこの裏手だよ。大きな旗本屋敷がある、そこから三軒目、いや四軒目の家だ」

と、主は胡散《うさん》臭げな目を向けながらも教えてくれた。

伝之助は河岸道の裏にまわり、清兵衛の家を見つけた。五十坪ほどの小さな屋敷だ。垣根越しにのぞくと、青葉を茂らせた柿の木のある庭の先に母屋が見えた。縁側は開け放してあるので、家のなかは丸見えだ。

座敷の奥に動く人影があり、台所と玄関を行き来していた。中年の女だ。清兵

衛の妻だろう。しばらく様子を窺っていたが、妻らしき女以外に人の姿はなかった。

一旦家の奥に消えて姿が見えなくなった妻が裏から庭に出てきた。前垂れをし手拭いを姉さん被りにした妻は、盥《たらい》に洗濯物を入れていて、それを物干しに掛けていった。

歳はとうに四十は過ぎているだろう。いや五十近いかもしれない。それでも若い頃は美人だったろうという面影を残していた。

（これが桜木清兵衛の妻か……）

伝之助はその顔を脳裏に刻みつけると、気配を消して河岸道に戻った。人足寄場の見える河岸道で時間をつぶし、それから本湊町をもうひとまわりし、少し足を延ばして町屋を歩きまわった。

鉄砲洲の突端になる明石町《あかしちょう》まで来ると、今度はゆっくり引き返した。大まかに土地のことがわかってきた。

（桜木清兵衛、どこに行ってやがる）

伝之助は菅笠を目深に被り直して足を進めた。

五

清兵衛はその日、散歩の途中で大杉勘之助《おおすぎかんのすけ》の屋敷に立ち寄り、愚にもつかぬ世間話をして日が翳りはじめた頃に、また遊びに来るといって帰宅の途についた。勘之助はその日、非番だったので一献傾けようと誘ってきたが、今日は遅くならぬと安江にいっている手前固辞した。

勘之助は吟味方与力の現役で、清兵衛とは莫逆《ばくげき》の友で互いに「おれ」「おぬし」と呼び合う間柄である。勘之助は早く隠居をした清兵衛を羨ましがりもし、また心配もしてくれる。

清兵衛は勘之助の誘いを断ったが、わずかに後ろ髪を引かれていた。本心は酒に付き合いたかったが、このところ帰宅が遅いと安江に小言をいわれる。今日は日の暮れ前に帰ろうと、家を出るときに決めていた。

早く帰ったからといって何かあるわけではないが、妻の機嫌を損ねると、しばらく気まずい空気が漂う。夫婦だけの二人暮らしだから、夫としてその辺の気遣いをしてやらねばならない。

（亭主とはつらい生き物よ）

内心でつぶやいて苦笑する。

稲荷橋を使うと、甘味処「やなぎ」のおいとにつかまりそうだから、八丁堀に架かる中ノ橋をわたった。おいとにつかまると、うっかり長居をしてしまう。人あたりのよい愛らしい娘なので、つい長話になるのだ。

日は西に傾き、人の影が長くなっていた。商家の暖簾《のれん》も壁も強い西日を受け、普段より赤っぽく見える。

南八丁堀の角を曲がったときだった。十間ほど先に立っている男がいた。菅笠を目深に被り、縦縞木綿の着流しに一本差しの男だった。浪人のようにも見えるが、風体から柄の悪い与太者風情《ふぜい》だ。

男は人を捜している様子で、稲荷橋の方角や清兵衛がやってくる道に視線をめぐらしていた。その男との距離が四、五間になったとき目が合った。菅笠の陰にある目が一瞬光ったように見えた。

清兵衛は視線を外し、そして擦れちがいざまに男の横顔を盗み見た。歳の頃、三十前後であろうか。鷲鼻で頬肉が抉られたように削げ、薄い唇を引き結んでいた。

（ただ者ではないな）

清兵衛はそう感じたが、関わりを持つような相手ではないと足を速めた。だが、自分の背中に男の視線があたっているような気がした。

しばらく行ったところで立ち止まって、背後を振り返った。男の姿は消えていた。目の前を燕が飛んでいるだけだった。

伝之助は草鞋《わらじ》を脱いだ旅籠《はたご》に帰ってくる度に、江戸には「伊勢屋」が多いとつくづく思う。その旅籠も「伊勢屋」だった。

小網町三丁目にある安宿だが、近くに行徳船の舟着場があるせいか、行商人や行徳方面に向かう旅人が多く泊まっていた。宿の女中の話ではそうだった。

伝之助は宿の奥の小さな客間に収まると、縁側の障子を開けて夜空を見あげた。満月だ。新宿で見る月と同じである。その月に雲がかかり、ゆっくり呑み込まれて見えなくなった。ゆるやかな夜風が流れてきて、近くで風鈴の音がした。

伝之助は煙草盆を引き寄せて煙草を喫んだ。部屋の隅には女中が気を利かせたらしく蚊《か》遣《や》りが焚《た》かれていた。

煙管を吸いつけながら桜木清兵衛の顔を思い出す。はっきりした歳は聞いていなかったが、意外に若く見えた。上背もそこそこあり、初老の男とは思えぬ歩き方をしていた。

一瞬目を合わせたが、油断のない目つきだった。

（やつが兄貴を……）

伝之助は煙管をくわえたまま懐から清兵衛の似面絵を出した。

源蔵の描いたものだが、よく特徴を捉えていた。本人を目にしたとたんに、桜木清兵衛だとすぐにわかったのだ。

「どうしてくれよう」

つぶやきを漏らして、もういらなくなった似面絵をくしゃくしゃにまるめた。

煙管を灰吹きに打ちつけ、腕を組んで雲から出てきた月を眺めた。

桜木清兵衛を斬るのは造作ないだろうが、それでは面白くない。敵を討つ前に苦しみを味わわせてやりたい。おれが兄貴が殺されたと教えられたときの、悲しみと悔しさ以上の苦痛を味わわせてやりたい。

そのためには、やつの倅か女房を先に殺すか。だが、倅には供廻りがついている。闇討ちをかけるのは難しいかもしれぬ。倅は若いだけにしくじれば、おれの身も危なくなるかもしれねえ。

（すると、あの女房か……）

その日、庭で洗濯物を干していた女房の顔を思い出す。その顔が、頭のなかで桜木清兵衛とすり替わった。

伝之助は薄い唇をねじ曲げて奥歯を嚙んだ。長く江戸にいるつもりはない。それに路銀もだいぶ使ってしまった。

（明日、敵を討つ）

伝之助は目をぎらつかせて満月をあおぎ見ると、廊下に向かって手を打ちたたいた。

「おい、誰かいねえか」

すぐに足音がして障子の向こうから女中の声がした。

「お呼びでしょうか？」

「酒を運んでくれ。ぬる燗で二合ばかりだ。何でもいいから適当に肴を見繕ってくれ」

「はい。少しお待ちください」

女中の気配が消えると、伝之助は縁側を離れて部屋のなかで胡坐をかいた。

（明日、敵を討って新宿に帰る）

胸のうちでつぶやき、壁の一点を凝視した。

六

翌朝、伝之助はゆっくり旅籠「伊勢屋」を出た。

客の出払った旅籠は閑散としており、戸口を出るとき、台所のほうで食器を片づける音に、料理人と女中たちの話し声がしていた。手甲と脚絆、股引はそのまま捨てるか置いておこうと思ったが、新宿に帰る道中を考え身につけた。

真っ青な空に綿を引きちぎったような雲が点々と浮かんでいた。どこからともなく鶯の声が聞こえてくる。

まだ朝は早い。商家は大戸を開け暖簾をかけたばかりだ。伝之助はゆっくり歩いた。菅笠を目深に被り、腰に長脇差をぶち込んでいる。胴巻にたくし込んだ路銀は残り少なくなっていたが、今日やることをやったら帰るだけなので金の心配はなかった。

行徳河岸を横目に見て崩橋《くずればし》、湊橋とわたり霊岸島に入る。道具箱を担いだ四、五人の職人と擦れちがい、大きな風呂敷を背負った行商人が伝之助を足速に追い越していった。

通りに列《つら》なる商店を眺めながら亀島橋をわたり、そのまま川沿いの道を辿る。そこにも小店や問屋があった。戸口に掛けられた暖簾が風に揺れ、朝日にまぶしく輝いている。

長屋の路地から子供が走り出てきて、川岸で立ち止まり「おとっつぁん、忘れ物だよ」と、舟を出そうとしていた父親に声をかけた。

「おお、すまねえな。うっかりだ」

子供は手に持っていた小さな風呂敷包みを父親にわたした。

伝之助はその様子を立ち止まって眺め、口の端を小さくゆるめた。仲のよい親子だ。おれにはそんなことはなかったと、死んだ親のことを思う。なにかと文句をいわれ、ときに拳骨《げんこつ》で頭を殴られた。ろくに仕事もできねえろくでなし。おめえの兄貴はあてにならねえから、おれの跡を継ぐのはおめえだ。そのこと考えて真面目に仕事を覚えるんだ。

大した稼ぎもないくせに、自分の子供には厳しかった親爺。母親は陰気な女でめったに笑わなかった。家のなかにはぬくもりがなかった。

だが、伝之助は歳の離れた兄伝蔵を慕った。行状が悪く親にも近所にも煙たがられていた兄貴だったが、伝之助だけにはやさしかった。

そんな兄貴が人並みの暮らしをほしがっていたのを伝之助は知っている。なぜ、兄伝蔵がぐれたのか、伝之助にはわかっていた。

貧乏だからだった。貧乏に甘んじる親が許せなかったのだ。そして、伝之助も兄伝蔵と同じような道を辿った。

（おれも貧乏がいやだったんだ）

伝之助は河岸道を歩きながら内心で吐き捨てた。そんな子供の気持ちなど親は斟酌《しんしゃく》しなかった。身内に八つ当たりするしか能のない親爺だった。

河岸道の外れまで来て伝之助は、はたと足を止めた。亀島川に架かる橋をわたってくる小柄な女がいた。花柄の浴衣に日傘を差していた。顔は日傘が邪魔をして見え隠れしていたが、おせいじゃねえかと思った。新宿の中心といってもよい寺町にある料理屋「角屋」の娘だ。伝之助は二十歳の頃、そのおせいと一時《いっとき》だったがいい仲になった。

日傘を差してわたってくる女の背恰好がおせいにそっくりだった。まさかと思って、女を眺めた。我知らず胸が高鳴り、顔が上気した。

別れも告げず江戸に行ったのは知っていたが、まさかここで会うとは思わなかった。

（おせい……）

胸のうちで呼びかけたとき、伝之助の視線に気づいたのか、女が日傘をあげて顔を向けてきた。おせいとは似ても似つかない目の細い女だった。わずかな期待は一瞬にして蓋《ふた》をされてしまった。

伝之助は女の背中を見送っただけでまた歩き出した。八丁堀に架かる橋をわたった先に甘味処があった。甘いものは好まないが、一服入れようと思った。まだ朝は早い。おそらく桜木清兵衛は家にいるはずだ。女房が一人になったときが狙い目だと決めていた。

床几に座ると、愛嬌のある若い女が注文を取りに来た。茶をくれといって、菅笠を脱ぐと、少し驚き顔をした。

「なにかおれの顔についているか？」

「あ、いえ。麦湯になさいますか、それとも煎茶になさいますか？」

女は愛嬌を取り戻していった。麦湯でいいと答えると女は下がった。

伝之助は空を眺め、目の前を行き交う町の者たちを見るともなしに見た。

（兄貴のいいつけを守らなきゃならねえ）

ふいにそんな想念が浮かんできた。伝蔵に再三いわれた言葉が脳裏に焼きついているせいだ。

――おれのいうことを聞いて立派な男になるんだ。

伝之助はそうなれるよう努めようと思った。敵を討って新宿に戻ったら、これまでの放蕩をやめ真面目にはたらこう。家業の経師屋を立て直すのも悪くない。往還稼ぎで小金を貯めて他の商売をはじめてもいい。

いずれにしろ兄貴の敵を討ってからの話だ。

伝之助は空を飛ぶ鳶《とび》を眺め、新宿に戻ってからのことを考えた。

「麦湯、差し替えましょうか？」

さっきの店の女がやってきて聞いた。妙に人なつこい顔をしている。頼むと答えると、

「旅の方でしょうか？」

と、聞いてきた。

「そうだ。江戸は初めてなんだ」

それがきっかけで、少し話をした。話をするついでに、桜木清兵衛のことを尋ねてみたら、女は目を輝かせてよく知っている、贔屓《ひいき》にしてもらっているといっ

た。

女がどんな間柄だと詮索《せんさく》してきたので、伝之助は言葉を濁して話題を変えたが、それも短いやり取りだった。

七

「どれどれこの辺にしておこう。いくら取ってもこれからの季節、草はつぎつぎと生えてくるからな」

庭の草取りをしていた清兵衛は、腰をたたきながら立ちあがって額の汗をぬぐった。

「一度にやろうとするとしんどいでしょう。また日を置いてむしればよいのです。わたしも暇なときにやりますから」

安江が縁側から声をかけてきた。

「それにしても今日もよい天気だ。鶯の声もいつになく清らかではないか」

清兵衛は首にかけた手拭いを抜くように取って、縁側に腰をおろした。

「朝からよくおはたらきになりました。お昼餉は何にしましょう？」

「軽く素麺《そうめん》でも茹《ゆ》でてくれぬか。さっぱりしたものを食べたくなった」

「では、そうしましょう」

清兵衛は縁側にあがって、草取りをした庭を眺めた。狭い庭だが、慣れない仕事は骨が折れるとため息をつく。

着替えようと寝間に足を向けたとき、背後で何か動く気配があった。さっと振り返ったが異常はなかった。垣根の向こうにも視線を配ったが、

「気のせいか」

と、独り言を漏らし、寝間へ行って着替えをした。

「今日は散歩はいかがされます？　草取りでお疲れでしょう」

清兵衛が素麺をすする傍らから安江が声をかけてくる。

「さほど疲れてはおらぬさ。あの程度で疲れたら先が思いやられる。まだわしは若いのだ」

清兵衛はつゆをたっぷりつけた素麺をすする。

「そう思うのは大事でしょうが、傍目《はため》にはどうかしら……」

安江も素麺をすする。

「これからの季節は素麺が欠かせぬな」

「わたしは楽ですけれど、素麵だけでは力はつきませんわ」

「たまには鰻でも食って精をつけるさ」

「あら、鰻だったらわたしも食べたいです」

「たまには『前川《まえかわ》』にでも行ってみるか」

「前川」は南八丁堀一丁目にある鰻屋だった。

「よろしいですね」

安江が期待顔で声をはずませた。

「では、近いうちにまいろう。いやいや満足であった」

清兵衛は手を合わせて箸を置いた。

家にいてもやることはないので、清兵衛はやはり散歩に出ることにした。もう散歩は日課である。

「あまり遅くならないでくださいよ。寄り道もそこそこに……」

出がけに声をかけてくる安江の声が心なしやわらかいのは、鰻を食べに行く約束をしたせいかもしれない。

家を出た清兵衛は一度鉄砲洲の河岸道に出て、石川島を眺めた。その島の向こうには穏やかな江戸湾が広がっている。白帆を立てた漁師舟が幾艘か見え、そのずっと先には青い空が広がっている。

日射しは日増しに強くなっているが、まだ耐えられぬ暑さではなかった。

清兵衛はのんびりと歩き、声をかけてくる履物屋の主や豆腐屋のおかみに軽く挨拶をする。もうすっかり顔馴染みになっている。

湊稲荷に寄り道をし、参拝した。賽銭《さいせん》を入れ手を合わせて無病息災を祈る。この社《やしろ》は南北八丁堀の産土神《うぶすなのかみ》で、かつては湊に諸国の商い舟が碇《いかり》を下ろして積み荷を揚げたらしいが、神霊鎮座の由来はよくわからない。

境内にある木々の若葉の色が心なし濃くなっていた。鶯の声がするので、その姿を捜すがどこにも見あたらない。隠れて鳴くのが上手な鳥だ。

境内を出るとすぐ目の前に甘味処「やなぎ」がある。老人客に接していたおいとが清兵衛に気づき、笑顔を向けてきた。

「桜木様、こんにちは」

いつもの明るい笑顔を向けられると、清兵衛の心が和む。

「よい天気だな」

「はい、いつもこうだとよいのですが。これからお散歩でございますか？」

「うむ、今日はゆっくり家を出てきたのでな。折角だから茶を飲んでいくとするか」

「煎茶でようございますか？」

「ああ、頼む」

清兵衛は床几に腰を下ろして、隣の床几に座っている老人客に軽く頭を下げた。

それにしてもよい季節だと思う。この時季が一番好きかもしれぬ。

「桜木様をご存じのお客が見えたんですよ」

茶を運んできたおいとがそんなことをいった。

「わたしを……どんな客だったね？」

「それが在から江戸に来た人らしく、ちょっと怖そうな顔をしておいででした。じっとにらまれると、わたし鳥肌が立ちそうでしたわ」

「それでわたしのことを知っていたのか？」

「ええ、この先の町に桜木清兵衛という隠居が住んでいるだろう、知っているかと聞かれたので、よく知っています、この店を贔屓にしてくださっていると話しました。それでどこから見えたのかと尋ねたのですが、江戸からそう遠いところではない、まあそんなことはどうでもよいとおっしゃって、急に話が途切れてしまったんです」

「名前は聞かなかったのか？」

おいとは首を振った。清兵衛は誰だろうかと思って考えた。真之介にも自分を捜している男がいる。風体がよくないので気をつけろと注意された。

「はて、いったい誰であろうか……」

茶を飲みながら考えたが、見当がつかない。おいとが隣の老人客の茶を差し替えに来たので、

「おいと、そのわたしを知っている男というのは一本差しで、歳は三十ぐらいではなかったか？」

と、聞いた。

「そうです。菅笠を被っておいででした。それから手甲脚絆に草鞋履きでした。頬が削げて鉤鼻《かぎばな》でした」

清兵衛ははっと思いついた。昨日の夕刻、この先の道で擦れちがった男がいた。手甲脚絆ではなかったが、菅笠を目深に被っていた。薄い唇を引き結び、抉られたように頬が削げていた。そして鷲鼻……。

そこまで思い出して、つい先ほど家の庭の草取りを終えて縁側にあがったとき誰かの気配を感じたことにも思い当たった。

清兵衛はいやな胸騒ぎを覚えた。

（もしや……）

八

安江は清らかな鶯の声を聞きながら糠味噌《ぬかみそ》の樽をかき混ぜて立ちあがった。軽く腰をたたき、額の汗を手の甲でぬぐって格子窓の外を眺めた。若葉が風に揺れていた。

手についた糠を水で流し、ふうと息を吐いたとき、開け放している玄関に人の気配があった。そちらを見ると、一人の男が立っていた。白昼の光を背に受けているので、男は黒い影になっている。

「どなた？」

安江は表情を硬くして声をかけた。

「桜木清兵衛の家だな」

男は低くくぐもった声を漏らした。

「さようですけれど……」

安江は男の異様な雰囲気に呑まれていた。

「亭主は出かけているのだな」

男は玄関に立ったまま視線をまっすぐ安江に向けていた。

「はい。いまは留守ですけれど、どちらの方でしょうか？」

声が震えそうだった。

「話がある」

安江はゆっくり玄関に歩を進めたが、男に近づいてはいけないと感じた。それでも男のことをたしかめたかった。一度台所の奥にある勝手を振り返った。裏から表に逃げることはできる。

「おれは新宿から来た伝之助という」

「新宿……」

もう伝之助と名乗った男との距離は一間半になっていた。暗い影となっている伝之助の顔が見えた。ぎらついた大きな目、肉の削げ落ちた頰、そして薄い唇。

手甲脚絆に着流しを端折り、股引に草鞋履き。腰に刀を差し、菅笠を被ったままだ。

「あの、お話とは……」

安江がそういったとたんだった。伝之助が俊敏に動いた。敷居を飛ぶようにまたぐと、安江の手首をつかみ、そのまま背後にまわし、頭を座敷の上がり口に押さえつけた。

安江は悲鳴をあげることもできなかった。代わりに「やめて、何をするのです！」と、抗《あらが》ってみたが、頭を強く押さえられているので声はくぐもっていた。

「亭主の清兵衛はいつ戻ってくる？」

安江はすぐに答えられなかった。あまりの恐怖に心の臓が縮こまり、瘧《おこり》にかかったように体が震えていた。

「いつ戻ってくると聞いてんだ」

「……おそらく、夕方。放して、放してください」

「夕方だと……」

伝之助は安江を強く押さえたまままつぶやいた。

「何のご用か知りませんが放して……」

安江は逃げようと体を動かそうとするが、片腕を背中にまわされ、頭を強く畳に押しつけられているので抗うことができなかった。

伝之助はしばらく考えているようだった。表から鶯の声が聞こえてくる。縁側に吊した風鈴が小さく鳴った。

安江は顔をわずかに動かした。すると強く頭を押さえられ、顔が横向きになったまま頰が潰れるほど畳に押しつけられ、口が奇妙に曲がった。

「敵を討ちに来た。それだけだ」

伝之助の声で安江はぎょっと目をみはったが、それは片目だけだった。

「まあ、待つか。それとも……」

伝之助はそうつぶやくと、安江の後ろ襟を強くつかんで座敷に引きあげ、素速く仰向けにさせ、喉に刀をあてがった。安江は生きた心地がしなかった。恐怖で声も出せない。

間近に伝之助の凶暴な顔がある。削げた頰が禍々《まがまが》しく、安江の恐怖をさらに強め、泣きたくなった。殺さないで、斬らないでと胸のうちで懇願する。

「おれの苦しみをてめえの亭主に味わわせてやりてェ。ひと思いに殺っちまってもいいが、それじゃ面白くねえ」

安江はみはった目をまばたきもせず伝之助の顔を見る。夫に助けに来てもらいたい。誰か助けてと心のうちで叫ぶ。

「よし」

伝之助はそういうなり、安江が帯に挟んでいた手拭いを引き抜き、猿ぐつわを嚙ませた。よほど手慣れているらしくあっという間のことだった。さらに、器用に安江の腰紐を抜き取り、後ろ手に縛りつけた。

「ひと思いにやってもいいが、おめえのことは、どうするかちょいと考えよう」

伝之助は菅笠の紐を外して脱ぐと、片膝を立てて壁に凭《もた》れた。この男はわたしを殺す気でいるのだと知った安江は、恐怖のどん底に突き落とされた。

誰かに助けてもらいたい、殺されたくない、どうしてこんなことが自分の身に降りかかるのかと思わずにはいられない。泣いて命乞いをしたいが、口にしっかり猿ぐつわを嚙ませられているので声が出せない。

伝之助は家のなかをうろつき、台所に行って水を飲んで戻ってきた。そのとき表に足音がした。玄関に飛び込んでくる人の気配。

「安江」

夫の声だった。

九

清兵衛は玄関に飛び込み、土間に入るなりはっと目を見開いた。

後ろ手に縛られ猿ぐつわを嚙ませられた安江のそばに、見知らぬ男がいたからだ。男の禍々しい顔を見るなり、

「きさま、何をしておる！」

と、怒鳴った。

男は口許にいたぶるような笑みを浮かべた。

「思いの外《ほか》早かったじゃねえか。楽しみが減ったぜ」

男はそばにあった長脇差を引き寄せた。

「何のつもりだ？」

清兵衛は座敷口に立った。いつでも刀を抜けるように柄に手をかける。

「伝蔵を斬ったのがてめえだというのがわかった。おれは伝蔵の弟の伝之助だ。兄貴の敵を取りに来たぜ」

「伝蔵……」

清兵衛はすぐには思い出せなかった。

「てめえが浅草の博徒一家に肩入れして斬った男だ。ダチ公の源蔵は人足寄場に送られ、この間新宿に戻ってきたが、そのままくたばっちまった」

伝蔵……源蔵……。清兵衛はその名前を思い出した。五年ほど前、浅草の博徒・政吉の家で出入りがあると聞きつけたことがある。そのとき、清兵衛は警戒にあたり、政吉の家に乗り込んだ博奕打を斬った。

（あの弟か……）

清兵衛は伝之助を凝視した。

伝之助は刀を持ったままゆらりと立ちあがった。

「思い出したかい……」

「逆恨みだ。あれはやむを得ないことだった。伝蔵はわしに刃向かってきたのだ」

「しゃらくせェ！」

伝之助は吼《ほ》えるように叫ぶと、そのまま抜刀して斬りかかってきた。清兵衛は体をひねってかわし、座敷に躍りあがった。

伝之助が腰を低め、刀を後ろに引いて身構えた。そのまま刀を突き出してきた。

清兵衛は擦りかわして、伝之助が背を向けた瞬間に、尻を蹴飛ばした。

伝之助はそのまま縁側から狭い庭に転げるように落ちたが、すぐに立ちあがった。清兵衛はその間に庭に飛び下りて伝之助に斬りかかった。片腕を狙ったが、伝之助はうまく剣筋を外して横に逃げ、腰に組みついてきた。清兵衛の右手が使えない組み方だ。そのまま伝之助は片手に持った刀で、清兵衛の体を刺そうと動かす。

清兵衛は体をひねりながら伝之助の左腕を外そうとするが、がっちり抱き込まれているのでうまくいかない。その間にも伝之助は清兵衛を刺そうと右手を動かす。

清兵衛は空いている左肘で伝之助の顔面を殴った。うっと、小さくうめいたが伝之助は離れようとしない。清兵衛はもう一度肘鉄砲を食らわせた。伝之助の鷲鼻にあたり、血が噴き出た。それでも伝之助は清兵衛の右脇を抱えたまま離れない。勢いよく押して、清兵衛を縁側に仰向けにさせた。

組みつかれたままで自由が利かない清兵衛だが、腰を横にずらし、自由の利かなかった右腕を外した。そのまま離れて刀を構えようとしたが、伝之助が体あたりをしてきた。

清兵衛は背後に倒れ込み、柿の木の下で仰向けになった。伝之助が大上段から斬りかかってくる。

清兵衛が横に転がって逃げると、伝之助は闇雲に刀を振りまわして斬りかかってくる。

右へ左へと転がってかわし、どうにか立ちあがることができた。間合いを取った清兵衛はやっとひと息ついた。

伝之助は腰を深く落とし、刀を正面で握っている。鼻血を噴き出しながら、口の端から涎《よだれ》のような唾液をしたたらせていた。ぎらつく目には怨嗟《えんさ》の炎が燃え立っている。

「思い知れッ！」

伝之助が刀を腰だめにして突っ込んできた。清兵衛は突き出された刀を打ち落とし、返す刀の棟《むね》で伝之助の後ろ首をたたいた。

「うわっ」

伝之助はたまらず両手両膝を地についた。刹那、清兵衛は背中を強く踏みつけ、さらに後ろ首に柄頭を打ち込んだ。

伝之助はぐうの音も漏らさず気を失った。

「こやつ……」

清兵衛は両肩を激しく上下させ、荒い息を吐き出して座敷に転がっている安江を見た。

「安江……」

清兵衛は座敷に戻ると、安江の猿ぐつわを外し、手の縛《いまし》めを解《ほど》いた。とたんに安江が懐に飛び込んできて、怖かった怖かったと涙声を漏らした。

「待ってくれ。あの男を縛めておかねばならぬ」

清兵衛はそっと安江の体を離すと、庭に戻って伝之助を高手小手に縛りあげた。


十日後――

清兵衛は二度目の奉行吟味を終えて自宅に帰ってきたところだった。

「お疲れ様でございました」

安江が丁寧に辞儀をして迎えてくれた。

「やっと終わった」

清兵衛はホッとした顔で着替えにかかった。めったに着なくなった継裃を脱いで、楽な着流しになると居間へ行って安江が入れてくれた茶に口をつけた。

「そなたも此度は大変な目にあったな。されど、無事でよかった」

「あなた様があのとき帰ってこられなかったなら、わたしは殺されたかもしれません」

「うむ、そうならなくてよかった」

清兵衛が茶に口をつけたとき、玄関から声がかかった。

「父上、母上」

真之介だった。

「おう、こっちだ」

清兵衛が声を返すと、真之介が額に汗を浮かべた顔であらわれた。

「いま御番所から戻ってきたばかりだ。伝之助は遠島になった」

「聞いています。話を聞いたときは驚きましたが、ご無事で何よりでした。母上も大変でございましたね」

真之介は安堵の表情で清兵衛と安江を交互に見た。

「それにしてもまさかわしが、お白洲で証言することになるとは思いもよらなかった。御奉行に会うのも久しぶりであったが、やれやれだ」

「母上もお白洲に座られたのですね」

真之介は安江を見る。

「わたしは一度だけでしたけれど、もういやですわ。こんな目にあうのは」

「誰だっていやでございましょう。でも、無事でよかったです」

「真之介、おまえの忠告がなかったらと、わしはそのことを考えた。もしおまえの話を聞いていなかったら、安江は伝之助の手にかかっていたかもしれぬ。無事だったのはおまえのおかげだ」

「そんなことはありません。父上の勘ばたらきと、腕があったからでしょう」

「うむ、まだわしの腕は鈍《なま》っていないと思った。しかしな、あの伝之助には剣術の心得はなかった。それでも喧嘩慣れしているらしくずいぶん手こずった」

「わたしも危ない目にあいましたけれど、やはり真之介の気配りがあったから助かったと思います。あなた様、何かお礼をしなければなりませんね」

「そんな礼など、わたしは望みませんよ」

真之介は顔の前で手を振って言葉を返したが、

「そうだな。久しぶりに三人で飯でも食いに行くか。そろそろ日が暮れることでもある」

と清兵衛がいうと、安江が目を輝かせた。

「それなら『前川』の鰻を食べにまいりましょう。真之介も鰻は好物でしょう。そうしましょう」

「鰻ですか。鰻なら馳走になります」

真之介は現金に頰をゆるめた。

「馳走などせぬ。わしは隠居の身で手許不如意だ。真之介、わしらを助けたついでに鰻を奢《おご》ってくれ」

「ひゃあ、それはないでしょう」

「これ真之介。鰻ぐらいでけちけちするものではない。おまえは御番所の与力なのだ。たまには親孝行だと思って、なあ安江」

清兵衛は安江を見て片目をつむる。

「そうですね。真之介にご馳走になるのは初めてかもしれません」

安江は微笑んで真之介を眺める。

「何だか話がちがいませんか……」

真之介が弱り顔をすると、清兵衛は楽しそうに笑った。それに釣られて安江も笑った。

「わかりました。では、今日はお二人が無事だったことを祝い、わたしが馳走いたします」

真之介は腹をくくった顔できっぱりといった。

「それでこそ男だ」

清兵衛はそういって真之介の肩をたたき、また高らかに笑った。

第四章　切り餅

一

「くそっ」

瀬野小平太《せのこへいた》は門長屋に戻ってくるなり吐き捨てた。荒々しく戸を閉め、狭い部屋のなかにどすんと音を立てて座った。

忌々しい年寄りだ。用人だからといって威張ってやがる。おのれが何者かやつはわかっておるのか。

「ええいっ」

拳を膝に打ちつけ、用人の杉岡九兵衛《すぎおかくへえ》の顔を脳裏に浮かべる。髷を小さくしか結えない薄い頭。肉厚の顔にある神経質そうな細い目。目の下の皮膚は腫《は》れぼったく垂れている。ぼってりした大きな口。

思い出したくもなく、顔を合わせたくない面だ。しかし、杉岡九兵衛は小平太が奉公している寄合旗本高島善右衛門《たかしまぜんえもん》の用人である。用人は主人につぐ権力を持っている。

しかし、用人といっても幕臣ではない。高島家に雇われている陪臣だ。それなのに威張りくさり、何かとうるさい。さっきもそうであった。

小平太が座敷の掃除を終えて雑巾と桶を井戸端に戻そうとしたとき、

「待ちなさい」

と、呼び止めて、

「この障子の桟《さん》に埃《ほこり》が溜まっている。ちゃんと見ているのか。そんな節穴ではご奉公は務まらぬ。ほれ、この畳の隅にも虫の死骸がある。見えなかったか」

九兵衛はそういって小さな虫の死骸をつまんだ。

「これは気づきませんで。いまやります」

九兵衛は返事をした小平太の手許をじっと見て口を開いた。

「汚くなった雑巾で、桟を拭くのではなかろうな。洗い直して拭くのだ。張り替えたばかりの障子を汚したらいかがする。何をそこにつっ立っておる。早くやれ」

九兵衛はそれだけをいうと、くるっと背を向けて自分の用部屋に姿を消した。

小平太はそんな剣突ないい方をしなくてもよいだろうと、内心で腹を立て、追いかけて頭を殴りつけてやろうかと思った。

だが、それはできない。小平太は高島家に奉公にあがって間もない。用人を殴ったら仕事をなくしてしまう。ぐっと堪えるしかない。

九兵衛から注意をされた障子の桟を拭き、座敷の隅々に穴が空くほど目を配った。塵ひとつ、糸くずひとつなかった。もちろん小さな虫も。

雑巾と桶を片づけ、母屋の控え部屋に戻ろうとしたとき、またもや九兵衛があらわれ、式台に立ったままにらんできた。今度は何の用だと思い、小平太は内心で身構えた。

「おぬし、剣術の腕前が相当らしいな。殿からさように聞いておる」

「無外流《むがいりゅう》を修めております」

小平太は御書院番与力瀬野五兵衛《ごへえ》の次男坊だった。家督は長男が継ぐので小平太は部屋住みである。よって養子に行くか、自分の能力で道を拓《ひら》くしかなかった。

小平太は剣術の腕をあげて立身出世の糸口をつかもうと考えた。

高島家の奉公がかなったのも剣術の腕を見込まれてのことだった。

「殿はおぬしの剣の腕を買っておられるが、いまは戦乱の世ではない。剣術は疎《おろそ》かにできぬが、その前に人として疎かであってはならぬ。掃除とは湯に入っておのれの身を清めるがごとくでなければならぬ。主人に仕える身であればなおのことだ」

九兵衛はそれだけをいうと立ち去った。

しつこいことをいいやがる。そんなことはわかってらァと、小平太は内心で悪態をついた。それから玄関横の控え部屋に入って休んだのだが、しばらくして勘《かん》蔵《ぞう》という小者がやってきた。

「ご用人様からの言付けです。これと同じ筆と硯を買ってくるようにと仰せつかりました」

「おれが行くのか？」

「ご用人様のお指図ですから……」

勘蔵はちびた筆と、使い古しの硯を手わたした。

小平太はそれを持って屋敷を出ると、築地川沿いの道を辿り、合引橋をわたって南八丁堀にある筆墨屋で同じものを買った。そのまま屋敷に戻らず、茶屋に立ち寄って茶といっしょに串団子を注文して通りを行き交う者を眺めた。勤番侍もいれば、行商人もいるし、長屋住まいの近所のおかみや子供もいる。商家に出入りする客と接待にあたる店の者がやり取りをしていた。

目の前の大名屋敷の塀越しに青葉をつけた欅や銀杏の木が見えた。その木にとまった鳥が鳴いていれば、屋敷内から鶯の声も聞こえてきた。昼下がりの町にはのんびりした空気があった。

道草を食って屋敷に戻ると、九兵衛が剣呑《けんのん》な目を向けてきた。

「筆と硯を買うのに、ずいぶん手間暇をかけよる。いったいどこまで行ってきた。まさか箱根の山を越えて来たのではなかろうな。小半刻で帰ってくるならまだしも、半刻（約一時間）もかけおって、もう日が暮れるではないか」

「店が立て込んでいたので、待たされたのです」

小平太はいいわけをした。

「さようなこともあろうと考え、駆けて行き駆けて戻ってくるのだ。わたしの仕事を遅らせてはならぬと思わなかったのか。気の利かぬやつだ」

使いに行き用を足したのに、文句をいわれては身も蓋もない。まあ、道草を食ったのはたしかだが、粗略に扱われていると思わずにはいられなかった。

「小平太、邪魔をするよ」

門長屋に戻って一人憤慨していると、白井《しらい》春之助《はるのすけ》という同じ奉公人が戸を開けて顔をのぞかせた。小平太より一年早く高島家に奉公にあがっている男だった。小太りの丸顔で気のよさそうな垂れ眉だ。

「何か面白くないことでもあったか」

春之助は部屋に入るなり小平太の顔を見ていった。

「用人だよ。またいちゃもんをつけられた」

「ご用人はそういう人だからな。気にしないことだ。重箱の隅を突《つつ》くのが好きなんだ」

春之助はへらへら笑っていう。

「何だかおれは目の敵にされているような気がする。真面目にやっているつもりなのに、いちいち小うるさいことをいいやがる。いったい何様のつもりだ」

「まあまあ、あの方のおかげでやめる奉公人が多いのはたしかだが、そのおかげでおぬしはここに奉公できたのだ。かくいう拙者もそうであるが……」

「おぬしもいびられた口か？」

小平太は胡坐を組み替えて春之助を見る。開け放した窓から心地よい風が流れてくる。

「いろいろうるさいことをいわれたけれど、はいはいと黙って従うしかない。そうしておれば気が楽だ。そうでもしなければ、この屋敷での奉公はつづかない。そりゃ拙者ももっと住み心地のよい屋敷に行きたいが、ここの殿様はちょいちょい小遣いをくださる。給金は安いが、小遣いは馬鹿にならぬ。他の旗本屋敷ではないことだ。ご用人さえやり過ごしていればいい働き口だ」

「気楽なやつだ」

小平太はそういいながらも、たしかに春之助のいうとおりだろうと思った。

「だけど、あの方には弱味がある」

春之助は急に真顔になった。

「弱味……どういうことだ？」

小平太は身を乗り出して春之助を見た。

二

「ご用人は浮気をされている」

「なに、あの堅物《かたぶつ》みたいな年寄りが……」

目の前に九兵衛がいないから、小平太は口悪くいう。

「うむ。ご用人は奥様を亡くされているので、浮気とはいえぬかもしれぬが、女がいる。それも若い女だ。妾《めかけ》にするつもりかもしれぬが、相手は二十歳《はたち》だ」

春之助の話はこうだった。

用人の九兵衛は三年ほど前に妻を亡くし、船松町に使用人も置かずに独り住まいだが、月に三、四回足を運ぶ店がある。越前堀に面した「瓢亭《ひさごてい》」という一流の料理屋で、お秋《あき》という女中がいる。九兵衛はその店に行くたびに、お秋をそばにつけて酒食を楽しみ、ときにお秋を住まいまで送り届けるらしい。

「拙者はご用人がお秋を口説《くど》いていると考える。妾として囲いたがっておられるか、あわよくば娶《めと》ろうという魂胆があるのかもしれぬ」

「そのお秋のほうはどうなのだ？　まさか口説かれて、あの用人になびいているのではなかろうな」

「さあ、それはわからぬ。わからぬが、『瓢亭』は名のある料理屋だ。ご用人が

「いかほどの給金をもらわれているか知らぬが、高直《こうじき》な店に月に何度も足を運べるほどの実入りはないような気がする」

「どういうことだ?」

「ここだけの話だ」

春之助は声をひそめてつづけた。

「もしや、屋敷の金を誤魔化しているのではないかと考えるのだ。いや、これは拙者の推量であるが、もしそうであるなら大変なことだ。殿様を裏切って悪さをしていることになるからな」

「用人が屋敷の金を横領していると……」

小平太はまばたきもせずに春之助を見る。主の高島善右衛門は三千石の旗本だ。大まかに一石一両で計算すれば、三千両になる。それに中川船番所の番役に就いているので役料も入る。

善右衛門は金への執着は感じられないばかりか、鷹揚な人柄なので入出金はおそらく用人の九兵衛まかせと考えられる。

「もし、そうならば由々しきことであろう。ご用人は殿様が若い頃から仕えられている。そうであるから殿様はすっかりご用人を信用されている。屋敷勘定はすべてご用人が差配されている。屋敷の費えを誤魔化すぐらいいとも容易いことではないかと……」

小平太は身を引き、腕を組んで小さくうなった。春之助のいったことが真実なら許せることではない。奉公人を顎で使い、いちいちもっともらしい苦言をする裏で悪さをはたらいていることになる。

「かまえて他言いたすな。ここだけの話だからな」

春之助は念を押すように口止めをした。

「それにしてもおぬしはよくそんなことを……」

「この屋敷の奉公にあがって二年目だ。まあ、いろいろ知ってしまうことがあるのよ」

春之助は自慢そうな顔をした。

「それに殿様はときどきお出かけになる。いまは中川船番所のお役で留守勝ちだから、その気になれば好き勝手に金を使うことができるのではないか……」

中川船番所の番役に就いている主の高島善右衛門は、通常は番屋に詰めず家臣を派遣するだけでよいのだが、船番所が気に入っているらしく足繁く通っている。小平太も二度ばかりお供をしたことがあり、小名木川の景色がよいのだ、と善右衛門が至極満悦顔をしたのを思い出す。

それはともあれ、春之助はあくまでも九兵衛の横領を疑っているようだ。

夕七つ（午後四時）になると、九兵衛は屋敷での勤めを終えて帰るのが常だ。小平太は九兵衛が母屋を出たのを門長屋の戸を少し開けてたしかめると、こっそり屋敷を抜けてあとを尾けた。

奉公人は門長屋に住んでいるが、主の善右衛門が留守なので、わりと自由に出入りができる。

夕暮れ間近な道を九兵衛はずんずん歩いて行く。上背のある中肉で、しゃんと背筋を伸ばしているその姿は矍鑠《かくしゃく》としている。主の高島善右衛門と変わらぬ歳だと聞いているが、後ろから見るともっと若そうな足取りだ。

しかし、頑固でへそ曲がり。にこりともしない無粋な顔で、奉公人をいたぶる意地の悪い男。小平太の九兵衛に対する印象はそうだった。

もし、春之助のいったことがほんとうなら証拠をつかんでギャフンといわせてやりたい。

九兵衛は築地川に架かる軽子橋をわたり、豊後《ぶんご》岡藩中川修理《しゅり》大夫《だいぶ》の上屋敷の長塀沿いに歩いて町屋に入った。日の暮れのせいか、通りに並ぶ商家の壁が赤茶けて見えた。

やがて九兵衛は船松町一丁目にある小さな屋敷に姿を消した。

（ここが用人の家か……）

小平太は屋敷のそばで立ち止まった。屋敷は板塀で囲まれていて、門は木戸である。大身旗本の屋敷に勤める用人になれば、そこそこの家に住めるのだと感心する。

小平太の父親は書院番与力で、住まいは大縄地にある拝領屋敷だ。その屋敷より九兵衛の屋敷のほうが住みやすそうに見えた。

しばらく表で見張ったが、九兵衛が外出をする気配はなかった。日が落ちあたりが暗くなり、空に星が散らばった頃に、小平太はその日の見張りをやめて高島家に引き返した。

翌日もその翌日も、小平太は九兵衛が屋敷から出るのを見ると自宅まで尾けた。しかし、九兵衛が外出をする気配はなかった。屋敷内で九兵衛と顔を合わせることはあっても、とくに小言や嫌みめいた苦言もなかった。それはよいが、九兵衛の自分に向ける目は何かあらを探しているようで決して気持ちよいものではなく、顔を見るだけで不愉快な気持ちになる。

その日、小平太は屋敷詰めの奉公人に剣術指南を行った。これは五日に一度は行う稽古で、小平太は指南役であった。

通常、屋敷には用人の杉岡九兵衛以下、給人《きゅうにん》・中小姓・若党・中間・小者など二十数人が詰めている。腰元や台所ばたらきの女中などを入れると、その数は三十数人だ。

しかし、いまは中川船番所のお役に就いている主の高島善右衛門の供をしている者がいるので、稽古に出てくるのはかぎられている。小者や中間に剣術の心得はないので、小平太が指導するのは、その日は五人のみだった。

庭にて素振りと型稽古、そして打ち込み稽古をやると、みんな汗だくになって息を切らした。稽古は一刻ほどだが、熱心な者は朝早く、あるいは日の暮れ前に自己鍛錬をする。そんなとき小平太は決まって付き合うことにしていた。

稽古が終わったとき、縁側に九兵衛があらわれた。黙って稽古を終えた奉公人たちを眺め、何か一言いいたそうな顔つきだった。

「今夜は雨が降るかもしれません」

小平太は西の空に迫り出してきた鼠色の雲を見て、九兵衛にいった。九兵衛はその空を眺めた。

「しばらく降っていませんから、恵みの雨になるかもしれません」

「なにを百姓みたいなことをぬかす。雨が降れば地面が泥濘《ぬかる》み、着物が濡れ、草履が台なしになる。おまけに傘まで差さなければならぬ。雨に恵まれることはない」

九兵衛は例によって無粋な言葉を返してきた。小平太は声をかけたことを悔いたが遅かった。

「まあ、さようですね」

同意すると、九兵衛はじろりと小平太を見下ろし、

「木々や花が枯れる前に一雨来るのはよいことだ。あとは迷惑なだけだ」

と、憎まれ口を吐いて言葉を足した。

「おまえたち、稽古で汗を流すのは結構だが、汚れた足で母屋に入るべからず。それから各々に割り振られた仕事を疎かにしてはならぬ。ただ飯を食っているのではないからな」

そのまま九兵衛は縁側から奥の座敷へ消えた。庭にいた者たちは、鼻じらんだ

顔を互いに見合わせた。

「へそ曲がりなことをいいやがって……」

小平太が小さく悪態をつくと、そばにいた者たちがくつくつと愉快そうに笑った。みんな九兵衛を嫌い敬遠していた。

その日も、小平太は屋敷から帰宅する九兵衛のあとを尾けた。金を横領しているならその証拠をつかみ、首根っこを押さえつけてやりたい。それにしても、九兵衛は何が楽しくて生きているのだろうかと不思議に思う。慕われる人柄ならまだしも、奉公人に嫌われ敬遠される男だ。笑うことがあるのだろうかというほど、いつも無表情で無粋な男だ。

(今日こそ、証拠をつかんでやる)

その思いが通じたのか、九兵衛が着替えをして家を出た。

三

その日、桜木清兵衛は妻の安江の許しを得て、腐れ縁とも幼馴染みともいえる大杉勘之助と日の暮れる前から酒を飲んだ。気の置けない仲なので一人で飲むより酒がうまく感じられ、また話もはずんだ。話は昔話か愚にもつかぬ世間話だ。

店の勘定はいまだ奉行所勤めをしている勘之助持ちである。それについて勘之助は何もいわないし、いう男でもない。

いい心持ちになったところでお開きにし、本材木町の居酒屋を出て松幡橋をわたったところで右と左に別れた。

清兵衛は少し酔いを冷まそうと思い、生ぬるい風に頬を撫でられながら少し回り道をした。本八丁堀の北側の通りを歩き、それから稲荷橋をわたった。星も月もない暗い夜で、提灯の灯りが頼りだ。風が生ぬるいのは雨の予兆かもしれない。

川岸の柳が女の長い髪のように、黒い影となって揺れていた。

稲荷橋に差しかかったとき、向こうから歩いてくる侍の顔が手にしている提灯の灯りのなかに浮かんだ。初老の侍だ。厚ぼったい口をむんと引き結び、脇目も振らずに歩いてくる。擦れちがうときにちらりと清兵衛を見たが、ただそれだけのことだった。

ところが橋をわたり終えようとしたときに、清兵衛はどきりと心の臓を跳ねあげた。暗闇のなかからぬっと男があらわれたのだ。若い侍だった。

驚きながら提灯を掲げたが、相手は灯りに照らされたことなど意にも介さず素通りしていった。その視線は先を歩く初老の侍に向けられていると、あきらかにわかった。

こんなとき、元町奉行所の与力だった清兵衛は不審を抱く。あの若い侍は初老の侍を尾けている。もしや刃傷を起こすのではないだろうか。そう推量するのは昔の癖だ。

清兵衛は稲荷橋をわたったところで立ち止まった。甘味処「やなぎ」の前である。当然店は閉まっていて、濃い夜の闇に沈んでいる。

橋の向こうに目をやると、擦れちがったばかりの若い侍の黒い影がある。その少し先に提灯を持った初老の侍が歩いている。

（もしや斬るつもりか……）

清兵衛の酔いが醒めた。

提灯の火を消すと、擦れちがった二人の侍のあとを追った。

若い侍は闇のなかに自分の身を溶け込ませ、気配を消しながら前を行く初老の侍を尾けている。その距離は一定であった。

（やはりおかしい）

二人を尾ける清兵衛は内心でつぶやき、黒い影となっている若い侍の姿を凝視する。

二人は亀島川に架かる高橋をわたり、そのまま東湊町一丁目と二丁目の路地に入った。突き当たりは越前堀で、その向こうは越前福井藩の中屋敷だ。

二人は越前堀に出ると、北へ足を進めた。そして初老の侍が一軒の料理屋に入ると、若い侍はそこで足を止めた。清兵衛は商家の庇の陰に身を隠して様子を窺った。

初老の侍が入った料理屋は「瓢亭」という名の知れた店だ。若い侍はその店の前を何度か行き来し、店の脇にある路地に姿を消した。

(待ち伏せするつもりか)

清兵衛はこのまま帰るわけにはいかぬと思い見張ることにした。元町奉行所与力の性《さが》である。


物陰に身をひそめ、「瓢亭」を見張る小平太は、思い切って店に入ってみようかと考えた。しかし、手持ちの金は少ない。店の構えを見ただけでも、かなり金がかかりそうだ。

店は門口から飛び石が戸口までつづいており、灯籠《とうろう》のあかりがきれいに剪定された庭をあわく照らしている。

大身旗本の用人はこんな料理屋に通える実入りがあるのか。いったいいかほどの給金をもらっているのだろうか、と他人の懐を考えてしまう。

店からときおり楽しげな笑い声が漏れ聞こえてきたり、三味線の音が聞こえてきたりした。小平太は見張っている自分のことを馬鹿らしく思ったが、九兵衛が主人の高島善右衛門を裏切っているなら許せることではない。証拠をつかみ、いけすかぬ九兵衛の泣き面を見たい。

小平太は九兵衛を憎く思いもするが、正義感に駆られてもいた。

客が一人二人と店から出てきた。そのたびに女将《おかみ》と番頭が送り出しながら丁寧な辞儀をする。送られる客はご機嫌な様子で軽口をたたいて家路につく。

半刻がたち、一刻ほど過ぎた。小平太は見張る場所を何度か変えて、店の門口に注意の目を注ぐ。空は漆黒の闇だ。帰る客の提灯のあかりが揺らめきながら遠ざかってゆく。

九兵衛が店の戸口にあらわれたのは、四つ（午後十時）に近い時刻だった。

（こんな遅くまで遊んでいやがって……）

小平太は内心で毒づいて九兵衛をにらみ据える。九兵衛が女将と二言三言言葉

を交わしたとき、若い女が出てきた。九兵衛が小さくうなずいて先に歩き出すと、

「お秋、また明日ね。杉岡様、よろしくお願いいたします」

女将が見送りながら二人に声をかけた。

九兵衛は若い女といっしょに通りへ出てきた。女は数歩下がって九兵衛の後ろを歩く。何も言葉を交わさず、小平太が見張っている路地前を過ぎた。

提灯のあかりに浮かぶ九兵衛の顔はいつものように無粋だ。ややうつむいて歩く女は夜目にも色が白く、細面《ほそおもて》の器量よしだった。

（いい女だな）

垣間《かいま》見ただけだが、そう思わずにいられなかった。小平太は暗がりから出ると、二人のあとを尾けた。九兵衛は女を自分の家に連れて行くのか？　それとも女の家にしけ込むつもりか？　いずれにしても九兵衛にはもったいない若くていい女だ。

二人は高橋をわたると右に折れ、日比谷町のとある長屋の前で立ち止まった。女が振り返って九兵衛に頭を下げると、九兵衛は短い言葉をかけてきびすを返した。

小平太は慌てて商家の庇の陰に隠れ、九兵衛をそのまま見送った。

四

薄曇りの空が広がり、風の強い日だった。

鳶も烏も風に流されながら空をわたっていた。

清兵衛は築地にある高島善右衛門の屋敷をあとにして、来た道を引き返していた。たったいましかめた屋敷には、昨夜杉岡九兵衛を尾けた男が戻っていた。男の名前はわからなかったが、屋敷の主が高島善右衛門であり、船松町の家に住む男が杉岡九兵衛だというのは、近所の者に聞き込みをしてわかったことだ。

昨夜、杉岡九兵衛を尾けた男には殺意に似た気色《けしき》が感じられた。清兵衛は闇討ちをかけるのではないかと危惧したが、そんな事態は起きなかった。しかし、あの若い男は杉岡九兵衛に何らかの意趣を抱いている。そのはずだ。

軽子橋をわたりもう一度船松町一丁目にある杉岡九兵衛の家の前に来た。小さな家だ。木戸門の両側は板塀になっており、猫の額ほどの庭がある。その庭に一本の百日紅《さるすべり》の木があった。

清兵衛は近くにある八百屋に立ち寄った。煙草を喫んでいた主が客だと思ったらしく、煙管を掌《てのひら》に打ちつけて立ちあがった。

「つかぬことを訊ねるが、そこに杉岡殿の家があるな。お城勤めでもしておられる方だろうか？」

「ああ、杉岡様でございますか。いいえ、高島善右衛門様とおっしゃる旗本のお屋敷に詰めている人ですよ。ご用人だと聞いています。奥様を三年前だったか亡くされましてね。子供さんもいないんでいまは独り暮らしです」

主は聞かれもしないことまで教えてくれた。

「ほう、高島家のご用人であったか」

「もうずいぶん長く奉公されているみたいですよ。杉岡様にご用でも……？」

「ちょいと気になったから聞いたまでだ。邪魔をした」

「お武家様、新生姜《しょうが》はいかがです。茗荷《みょうが》もいいのがあります」

主は商売気を出して清兵衛を引き止めた。

「買いたいところだが、急ぎの用があるのだ。あらためて買いに来よう」

「へえ、それじゃお待ちしています」

残念そうな顔をした主を残して、清兵衛は町の角を折れてまっすぐ歩いた。

杉岡九兵衛は高島善右衛門の屋敷に勤めていたのか。そして、昨夜の若い男も同じ屋敷で奉公しているようだ。

(いったいどういうことだ)

清兵衛は懐手をして歩く。事件が起きたわけではないが、若い男が執拗に杉岡九兵衛を尾けたことが気になってしかたない。昨夜自宅に帰り、床に就いたときもそのことを考えた。

清兵衛は本湊町の自宅前を素通りして、稲荷橋方面に向かった。橋の手前にある「やなぎ」をやり過ごして八丁堀に入る。

行くのは昨夜杉岡九兵衛が送って行った女の長屋である。女はまだ若そうだった。「瓢亭」の客には見えなかったから、おそらく女中でもしているのだろう。

杉岡九兵衛とどういう関係かわからないが、八百屋の主の話から杉岡の娘ではなさそうだ。昨夜はあの女を見送っていっただけなのか? それとも杉岡の女……。

女が帰った長屋のそばでしばらく見張ってみたが、昨夜の女はあらわれなかった。近くの茶屋に座り、見張っている長屋から出てきたおかみがいたので立ちあがって、声をかけた。

「何か……」

しわだらけのおかみは怪訝《けげん》そうな顔をした。

「おまえさんの長屋に越前堀にある『瓢亭』に勤めている若い娘がいないか？」

「それならお秋ちゃんですよ。何かお秋ちゃんに……」

「よい縁談話があってな。どんなものだろうかと考えておるのだ。わたしは本湊町に住む桜木と申す者で、あやしい者ではない」

「縁談ですか？　孝行娘ですからね。いい縁談なら喜ぶんじゃないかしら。おっかさんの体が弱ってるんで、ずっと面倒見てるんですよ。それでもおたにさんは、針仕事を請け負っていますけど。あ、おたにさんというのはお秋ちゃんのおっかさんです」

「そうか。苦労しておるのだな」

「お武家様、いい縁談ならまとめてくださいよ。もうあの子も二十歳になるんですから。いいところに嫁いだら、おたにさんも少しは楽になるかもしれませんからね」

「そうだな。おかみ、このことしばらく黙っていてくれぬか。あとでがっかりさせたくはないのだ」

「へえ、わかりました」

おかみはそう答えたが、おそらく長屋で話すだろうと清兵衛は予測した。清兵衛は茶屋の床几に座り直すと、もう一度お秋の長屋を見張った。お秋が出てきたからといって声をかけるつもりはないが、顔を覚えておきたかった。空は相変わらず曇っており、風も強いままだ。商家の暖簾がはためき、茶屋の葦簀が倒れた。店の者が慌てて出てきて、倒れた葦簀を片づけた。

それから小半刻ほどたったときだった。長屋の木戸口から浴衣姿の若い女が出てきた。お秋だった。手に笊《ざる》を抱え持っているので買い物に行くらしい。

清兵衛はお秋を見つめた。色白の細面に大きな黒目。小さくまとまった唇。浴衣の襟にのぞく肌がまぶしい。なかなかの器量よしだ。

お秋はそのまま本八丁堀五丁目のほうへ歩き去り、角を曲がって見えなくなった。

清兵衛は湯呑みのなかの茶柱を眺めて考えた。

杉岡九兵衛とお秋の関係。そして、旗本高島家の用人を務める杉岡九兵衛は、同じ屋敷の奉公人らしい若い男に尾けられている。

もし、あの若い男とお秋がよい仲ならどうであろうか。杉岡九兵衛は年若いお秋を囲いたがっている。手をつけたかもしれない。そのことを知った若い男は、杉岡九兵衛を恨んでいる。気性が激しいなら命を狙うかもしれない。

しかし、昨夜あの男は杉岡九兵衛が自宅に帰ったのを見届けると、そのまま高島家に戻った。

(どういうことだ)

関わらなくてもいいことだが、清兵衛は気になってしかたがない。

(さて、どうしたものか……)

清兵衛は湯呑みを持ったまま曇っている空を見あげた。

五

小平太はもともと武家の出であるから侍身分を通すことができるが、足軽や中間・小者・六尺・草履取りなどの奉公人はもともとが町人あるいは百姓身分だ。そして年季奉公ではなく、半季あるいは三月で雇用されることもある。しかし、奉公中は武士に準じた身分で扱われ、帯刀が許されていた。

若党として雇われた小平太は年五両の給金だが、足軽や中間などは年三両ほどだ。しかし、主の高島善右衛門は太っ腹で、ときに気の利いた用を務めると小遣いをくれる。よって高島家の奉公人は、他の旗本家に雇われている者たちに比べ恵まれていた。

白井春之助も小平太と同じ若党で、年季奉公で雇われたが、実入りがいいために一年延長して奉公している。

ただ問題は、何かと口うるさい頑固な用人杉岡九兵衛の存在である。春之助はうまく付き合っているようだが、小平太は純粋で直情的な男なので自分の感情を抑えることが苦手だ。いやなこと気になることをいわれると、いつまでもそのことに拘《こだわ》り、内面の感情がすぐ顔にあらわれる。

昼のことだった。食事は女中たちが作ってくれ、男の奉公人たちは座敷で食べる。用人から草履取りや厩番《うまやばん》までみな同じだ。

「殿様がいらっしゃらないせいか暇でございますね」

小者の勘蔵が飯を頬張っていった。食事は静かに黙々と食べるのが常だが、勘蔵はおしゃべりなので食事中も口が止まらない。

「やるべきことを見つければよいのだ。その気になればなんでもある」

春之助が窘めた。そうですねと、勘蔵は納得顔で同意し、

「さて、何をするかな……」

と、また飯を頰張った。そのとき、上座に座っていた九兵衛の目がきらっと光り、茶碗と箸を膳に置いた。

「殿が留守をされているからといって暇だと思うのは大まちがい。白井がいったようにやる気があれば、何でもやるべきことはある。主人に忠誠を尽くす心があれば、暇だなどとは口が裂けてもいえぬ。暇だというのは怠け心があるからだ」

一同、しーんとなる。

「人から指図されなければ、はたらかないという奉公人はいらぬ。文句や不平があるならさっさとやめてもかまわぬ。誰も引き止めはせぬ」

まあ、もっともだと、小平太は九兵衛を見ずに思う。

「殿が留守だからといって怠慢になるなら許さぬ。わたしは殿の留守を預かる身の上、粗相があっては示しがつかぬ。気を引き締めてもらわなければならぬ」

「おっしゃるとおりです」

小平太は箸を置いていった。すぐに九兵衛の視線が飛んできた。

「瀬野、その髷はいかがした？　朝から気になっておったのだ」

「は」

小平太は自分の頭に手をやった。

「髷が曲がっておる。髪も乱れているではないか。武士にとって身だしなみは大事なこと。あとで櫛を使いなさい。……他の者たちも気をつけるのだ。高島家の奉公人はだらしないと思われたくない」

そのまま九兵衛は座を外すように立ちあがったが、座敷を出る前に立ち止まって一言言葉を足した。

「そなたらの代わりはいくらでもいるのだ。そのことを常に肝に銘じておけ」

みんなしゅんとなり、膝許に視線を落とした。九兵衛の気配が消えると、

「ご用人は、相も変わらず手厳しい。何が面白いんだ」

と、勘蔵が愚痴ったので、みんなはくすくすと笑った。

「ご用人は気が張っておられるのだな。殿様にとってはいい人なのだろうが、拙者らにはただ小うるさい年寄りでしかない」

食後、庭に出てから春之助がぼやいた。

「おれは目の敵にされているような気がしてならぬ。その髷は何だ、髪も乱れているだと。気づいたらそのときにいえばいいだろうに。みんなの前で恥をかかせるようなことをぬかしやがって……」

小平太は庭にある腰掛けに座り、手につばをつけて髪を撫でつけるように押さ

えた。

「ご用人はそういう人なんだよ」

春之助は気楽な顔でいって、屋敷まわりの溝《どぶ》でも浚《さら》うかと付け足した。

小平太は春之助と表に出て溝を浚いはじめた。屋敷の二方に幅二尺ほどの溝が流れていた。水路といってもよいかもしれないが、それは築地川に落ちるようになっていた。

「春之助、おれは見たぜ」

小平太は作業の手を休めていった。

「何を見たという？」

「ご用人の女だ。おぬしがいっただろう。ご用人に女がいると」

「ああ。あの女か？」

「知っているのか？」

「話は聞いている。年甲斐もなく妾にでもするつもりなのかね。気が知れぬよ」

「いい女だった。ご用人には勿体なさすぎる」

「ほう、そんなにいい女か？」

小平太はお秋のことを話した。話しているうちに、ふとあることを思いついた。

「春之助、ちょいと出かけてくる」

「どこへ行くんだ？」

「すぐ戻る」

小平太はそのまま屋敷を離れた。端折った着物をおろし、足速に軽子橋をわたり、船松町の九兵衛の家に来た。あたりに人がいないのをたしかめて、そっと木戸門を入り玄関に手をかけたが、固く閉められている。裏にまわり、勝手口の戸を探った。内側から猿をかけてあるらしく戸は開かないが、庭に落ちている丈夫そうな小枝を使って隙間に差し込むと、猿を外すことができた。

そっと戸を開けて家のなかに入った。雨戸が閉め切られているので薄暗いが、目が闇に慣れると家のなかの様子がわかった。台所も茶の間も、そして座敷も小ぎれいに整理整頓されていた。いかにも謹厳な用人らしい家だった。

仏壇があり、小抽斗を開けてみた。何もない。寝間に入って、目を光らせながらじっくり観察した。泥棒になった気分で、心の臓が高鳴っていた。

箪笥の抽斗を開けた。きれいに畳まれた着物が入っていた。どの抽斗も同じだ。押し入れにもきれいに畳まれた夜具があった。

小平太は目を光らせる。どこかにあるはずだ。春之助が推量したように、九兵衛が屋敷の金を横領しているならどこかにしまってあるはずだ。

仏壇のある座敷に移って、小さな箪笥を眺めた。雨戸の隙間から漏れ射す光が、その箪笥のそばを照らしていた。

畳に擦れた痕《あと》があった。さらに箪笥と壁の間に不自然な空間があった。

小平太はその箪笥を横に動かした。あった。細長い木の小箱があった。引き出して中身を見るなり、ごくりと喉仏を動かして目をみはった。

金が入っていた。畳紙《たとうがみ》で包まれた切り餅だった。ひとつは一分銀（一両の四分の一）百枚。つまり二十五両である。それがいくつも重ねられている。六つはある。大金だ。手に取ってみた。ずしりとした重み。心が動いた。もらっておこうか。いや、それはならぬ。

小平太は悪い衝動を抑えて九兵衛の家を出た。

六

その日、九兵衛はいつもより早く屋敷を出て行った。空にはまだ夕日の名残《なごり》があり、翳りゆく空を数羽の烏が鳴きながら西のほうへ飛んでいった。

門長屋の表で九兵衛が屋敷を出て行くのを見届けると、小平太はあとを尾けるべく適宜な時間を取って門脇の潜り戸を抜けた。

もう九兵衛の姿はなかったが、屋敷の角を曲がると、軽子橋をわたっていく九兵衛が見えた。小平太はゆっくり足を進めた。さざ波を打つ築地川の水面が暮れゆく空を映し取っていた。

船松町まで来ると、仕事帰りの職人や夕餉の買い物をする長屋のおかみ連中の姿があった。暮れるまで遊んでいた子供たちが長屋の路地に駆け込んでも行く。

小平太は適当に時間をつぶし、九兵衛の家の前を用心深く通り過ぎた。雨戸が開けられていたが、家のなかに九兵衛の姿は見えなかった。

町をひとまわりしてもう一度九兵衛の家の様子を探った。開けられていた雨戸が閉められていた。家々の竈から出る煙が九兵衛の家の庭にたなびいていた。

(また「瓢亭」へ行ったのか……)

小平太はそうだと思った。九兵衛はおのれの歳も考えず、お秋を口説いているのかもしれない。あれだけの金があれば、女を囲うことはできそうだ。

その日見た金が、小平太の頭にちらつく。盗むつもりはないが、自分も『瓢亭』に行ってみたい。そのためには金がいる。九兵衛がお秋とどんなやり取りをするのか聞いてみたい。もし、あの金が高島家から横領したものなら許せることではない。

小平太は夕まぐれの道を歩き、本湊町まで行って九兵衛の家に引き返した。あたりに目を配り、人がいないのをたしかめて家のなかに入った。

例の座敷の小簞笥の裏はそのままになっていた。木箱を引き出し、切り餅をつかんだ。もうあとには引き返せない。罪悪感で心の臓が激しく脈打っていた。

しかし、自分にいいわけをする。九兵衛が横領した金なら騒ぎにはならないはずだ。これは九兵衛の悪事を暴くためにやっていることだ。

裏の勝手口から表にまわり木戸口を出た。もしや九兵衛がひょっこり戻ってきやしないかとひやひやしていたが、その心配はなかった。

表に出ると、ほっと胸を撫で下ろした。

それは歩き出してすぐだった。

「しばらく」

という声と同時に肩がたたかれた。

小平太は心の臓が口から飛び出るほど驚いた。振り返ると一人の侍が立っていた。二本差しの着流し姿だ。冷ややかな目でにらまれ、すぐに声を出すことができなかった。

「そのほう、高島善右衛門様の屋敷侍であろう」

「……さようだが……」

やっと声が出たが震えていたかもしれない。

「名は何という？」

「瀬野小平太でござる。あなたは？」

小平太はみはった目で相手を見た。初老の侍だが、落ち着いた顔をしている。鋭い目は腹の底を窺い見るようだ。鼻筋の通った顔。引き結ばれた唇には意志の強さが感じられる。

「この家は同じ高島家に奉公している用人、杉岡九兵衛殿の住まいであるな」

「いかにも」

小平太は気後《きおく》れしていた。九兵衛宅に忍び込み金を奪ったという罪悪感がある。相手はそのことを知っているのかもしれない。いや、金を盗んだことは知らないはずだ。

斬り捨てて逃げるか。それともこのまま突き飛ばして逃げようか。いや、それはできない。相手は自分が高島家の奉公人だというのを知っている。

「杉岡殿は留守であろう。留守宅に忍び込んで何をしていた」

「あなたは……」

小平太は相手を凝視した。やはり斬り捨てようかと、頭の隅で考える。

「桜木清兵衛と申す。この近所に住んでいる者だ。そなたは高島家の屋敷侍。つまり士分だ。もし、盗みをはたらいたのならただではすまぬ。そのことわかっておろうな」

小平太は凝然と桜木を見る。血の気が引いていく感覚があった。我知らず刀の柄に手をかけると、桜木にその手を押さえられた。びくっと肩を動かして桜木を見た。

「盗みは死罪だ。怨恨があっての殺しもまた同様」

その言葉に小平太は恐怖した。この窮地をどうやって逃れたらよいかと考えるが、桜木清兵衛には隙がない。いまや蛇ににらまれた蛙のように動くことができなかった。

「話を聞かせてくれるか」

「は、はい」

清兵衛は立ち話はできないと考え、ついてこいと小平太をいざなった。

「下手なことを考えるでないぞ」

逃げられたら困るので、清兵衛は小平太を先に歩かせた。逃げる素振りがあれば、すぐに帯をつかめる距離を保つ。

鉄砲洲の河岸道に出ると、河岸場の上にある腰掛けに小平太を座らせ、自分も横に座った。すでに夜の帳《とばり》が下りており、通りにある小料理や縄暖簾のあかりがこぼれている。

「瀬野小平太といったな。そなたは先日も杉岡九兵衛殿を尾けていた。越前堀の『瓢亭』まで尾け、杉岡殿が店から出てくるとまたあとを尾けた」

「なぜ、そんなことを……」

小平太はまばたきもせず見てくる。

「わたしは、そなたが杉岡殿を斬るのかもしれぬと思った。あのときそなたは殺気だった顔をしていた。故に気になって杉岡殿を尾けるそなたを尾けた」

「…………」

「もしや女か……」

清兵衛のその問いに、小平太は目をみはった。

「いえ、さようなことではありませぬ。わたしはただ……」

小平太は言葉を切り、

「でも、なぜそんなことをわたしに聞かれるのです？」

と、清兵衛を見てくる。あきらかに動揺しているのがわかる。

「気になっているからだ。なぜ、杉岡殿をつけ狙うように尾けた。おまけに杉岡殿の家に忍び込んだ。それなりのわけがあるはずだ。教えられぬのならば、わたしといっしょに番屋に行くか」

小平太ははっと慌てた顔をした。この男、何か負い目があるのだな。清兵衛にはわかる。

「仔細を教えてくれなければ、お上《かみ》の詮議を受けることになる。何よりそなたは杉岡殿の留守宅に忍び入ったのだからな。それだけでも咎めは受ける」

「教えたらどうなります？」

小平太の声は震えていた。清兵衛はこの男は観念すると思った。

「わたしは事を荒立てようとは思わぬ。仔細を話してくれればよきに計らう」

小平太は迷っていた。だが、視線を幾度か泳がせたあとで、

「ご用人の杉岡様には横領の疑いがあります。わたしはその証拠を見つけるため

に杉岡様を探っているのです」

と、観念の体で話し出した。

小平太は用人の杉岡九兵衛のことが嫌いだった。頑固でへそ曲がりで融通の利かない堅物のくせ、奉公人に異常なまでの説教を垂れ威張っている。そんな杉岡は「瓢亭」の若い女中を妾にしようと口説いている。大身旗本家の用人とはいえ、そんな余裕はないはずだ。しかし、主の金を横領しているなら話は変わってくる。

小平太は杉岡の奉公人に対する態度と容赦ない言動が気に食わない。聖人君子ぶったことをいう裏で、悪事をはたらいているなら到底許せることではない。

「横領の疑いがあるといったが、それはたしかなことなのか？」

「それは調べなければなりません。だから、わたしはその証拠をつかむために……」

「尾けたり家に忍び込んだりしたと、さようなことか。それで、証拠はあったか？」

小平太は首を振って何かいいかけたが、

「何も見つかっていません」

と、言葉を変えた。清兵衛は眉宇をひそめたが、他のことを聞いた。

「出自はどうなっておる？　町人の出か？」

小平太は首を振って、父親は書院番の与力だが、自分は次男なので部屋住みに甘んじていられないので、武家奉公の道を選んだと話した。

「横領の疑いがはっきりしているならまだしも、たしかな証拠もなく他人を穿鑿《せんさく》するのは感心できぬ。杉岡殿のことが気に食わないというだけで、罪人のように見るのもいただけぬことだ。そなたは武士の出であるし、無外流を究《きわ》めているようでもある。ならば武士らしく正々堂々としておればよいのだ。他人がどうであれ、おのれが清ければ何も怖れることはない」

「おっしゃるとおりで……」

小平太はうなだれてつぶやいた。

清兵衛はその様子をしばらく眺めた。岸壁に打ち寄せてくる波の音がした。ときおり川風が吹きつけてきて、鬢《びん》の毛を揺らした。

「よかろう。そなたがそれほど杉岡殿を疑っているのなら、わたしが調べてみよう」

さっと小平太の顔があがった。

「桜木様が……」

「わたしにまかせておけ。そなたの勝手な推量があたっていようがいまいが、それはあとの始末になる。わかったらそなたを訪ねて教えてやる」

「そ、それじゃお願いいたしますが、ほんとうにやってくださるので……」

「嘘はいわぬ」

小平太は大きな吐息を漏らして、ではお願いすると頭を下げた。

清兵衛はそのまま立ちあがった。小平太も立ちあがる。

「邪《よこしま》なことを考えてはならぬぞ」

「わかっています」

そういって小平太は立ち去ろうとしたが、清兵衛はすぐに呼び止めた。

「杉岡殿の家に忍び込んだ折、何か盗んだりしてはおらぬだろうな」

「……いえ、そんなことは」

小平太はそういうと逃げるように立ち去った。

七

小平太は高島家の門長屋に戻ってきたが、落ち着かなかった。後悔と恐怖が胸のうちで騒いでいる。

狭い部屋のなかをぐるぐる歩きまわり、そして腰を下ろした。行灯のあかりが自分の影を壁に作っている。目の前を小蠅が飛んでいた。喉が異様に渇いていた。水差しに口をつけて喉を鳴らし、手の甲で口をぬぐい壁の一点を凝視した。

（桜木清兵衛といったあの人は……）

小平太は清兵衛の顔を思い出す。精悍《せいかん》そうな初老の侍だった。そして、自分のことを知っているばかりでなく、杉岡九兵衛のことも「瓢亭」のことも、そして名前こそ口にしなかったが、お秋のことも知っていた。

さらに自分が九兵衛の家に忍び込んだことも……。

（いったい何者だ？）

いまになって疑問になった。

しかし、そんなことはどうでもよい。用人の家に忍び込んだのを見つけられたことで気後れしていたせいか、訊かれるままに何もかも話してしまった。

小平太はしまったという思いで顔をしかめた。しかし、もうどうすることもできない。

桜木清兵衛はよきに計らうといった。そして、九兵衛のことを調べるとも。いったいなぜ、そんなことをやってくれるのだ。

小平太は立ち昇る行灯の煤《すす》を眺めた。桜木清兵衛を信用してよいのか。初めて会った男だ。それなのに自分は何もかも打ち明けた。愚かなことをしたと、拳をにぎり締める。

（さりながら……）

小平太は胸のうちでつぶやく。桜木清兵衛が口にした言葉が甦る。

――おのれが清ければ何も怖れることはない。

たしかにそうなのだ。自分には何の非もない。用人に苦言されても堂々としておればよいのだ。自分は用人の苦言が気に食わず、小言をいわれる度に腹を立てた。そんなことが積もり重なって我慢できずに恨みがましく思うようになった。

だから、春之助がこっそり教えてくれた言葉に惑わされた。

春之助は自分の推量だと断ったあとで、

――ご用人は殿様が若い頃から仕えられている。そうであるから殿様はすっかりご用人を信用されている。屋敷勘定はすべてご用人が差配されている。屋敷の費えを誤魔化すぐらいいとも容易いことではないかと……。

つまり、杉岡九兵衛は屋敷の金を横領しているかもしれぬと臭わせた。

行灯の芯がじじっと鳴った。そのことで、桜木清兵衛の最後の言葉を思い出した。

——杉岡殿の家に忍び込んだ折、何か盗んだりしてはおらぬだろうな。

あのときは正直震えあがりそうになった。

小平太は自分の懐に手を入れて凝然となった。

もし、盗みが知れたなら自分は死罪だ。用人が金を盗まれたことに気づいて騒いだらどうなる？

自分が用人の家に忍び込んだことを桜木清兵衛は知っている。

小平太の胸の鼓動が速くなった。この金を持っているのはまずい。返さなければならない。用人が「瓢亭」から戻る前に返しておかなければ……。

（まずい）

小平太はすっくと立ちあがった。

清兵衛はその朝、目を覚ますと、しばらく夜具の上に胡坐をかき、開け放した障子の向こうに見える空をぼんやりと眺めた。

台所で安江が朝餉の支度をしているらしく、包丁が俎《まないた》をたたく音が聞こえてくる。爽やかな風が吹き流れてきて、澱《よど》んだ寝間の空気を清めてくれた。

（さて、どうするか……）

清兵衛は昨夜会った瀬野小平太の顔を思い出した。目鼻立ちの整った若い侍だ。内面の思いがすぐ顔にあらわれるのは虚心がないからだろう。だが、おのれの意に反することに対して敏感になる気性はときに損をする。

（しかし、悪い男ではないようだ）

小平太に対する清兵衛の印象は悪くない。話を聞いた手前もあるが、ちょっと安請け合いをした自分を愚かしく思う。されど、これもおのれの悲しい性かもしれぬと苦笑を浮かべる。

毎日あてどない散歩をするより、こういった調べものが好きなのだと、自分でも気づいている。昔は悪党を追い、詮議するのがもっぱらの仕事だった。その習性が残っているのだとあきらめるしかない。

（さあ、どこからはじめるか）

内心でつぶやいたとき、台所から安江の声が聞こえてきた。

「あなた様、朝餉の支度ができますわよ」

清兵衛は軽く返事をして立ちあがった。

朝餉を終え、自分の書斎で例によってできもしない句を捻り、やはりできぬとあきらめて散歩に行くことにした。

「今日は少し寄り道があるので遅くなるやもしれぬ」

出がけに安江に伝えたが、何もいわれなかった。

いつもならどこに寄り道するのだ、誰と会うのだと聞かれるが、めずらしいことだ。安江も気分によって詮索したりしなかったりだから気にせずに家を出た。

向かうのは高島家の用人杉岡九兵衛の家だった。すでに出勤しているはずだが、もしやと思って足を運んだが、玄関の戸も雨戸も閉められていた。

ならば、お秋の長屋へと足を向ける。杉岡九兵衛とお秋がどんな関係にあるのか、それを知る必要がある。

瀬野小平太はその二人がただならぬ間柄かもしれぬし、杉岡九兵衛がお秋を囲うために口説いている節があるようなことをいった。

歳の差はずいぶんあるようだが、男女の関係に年齢は関係ないときがある。杉岡九兵衛は妻に先立たれているというので、後添いにする腹かもしれぬ。ともあれ、まずは調べることが先である。

お秋の長屋は日比谷町に入ってすぐのところにある。亭主連中が出払ったあとらしく、長屋はいたって静かだ。木戸口を入ってすぐのところに、住人の木札が掛けてあった。お秋の名前はなかったが、おたにという母親の名前があった。家は木戸口に入って右側の二軒目がそうであった。

いきなり訪ねるわけにはいかぬから、清兵衛はお秋の家が見える河岸地の腰掛けに座った。河岸地には舟がつけられたり、出ていったりしている。荷揚げをしている舟もあれば、逆に荷を積んでいる舟もあった。荷は米や薪炭などだった。

腰掛けに座ってほどなくしたとき、お秋の長屋に入っていく商家の手代ふうの男がいた。見ているとお秋の家の前で立ち止まり、声をかけて家のなかに消えた。

(何者だ……)

訝しく思う間もなく、男は風呂敷包みを両手に抱えて出てきた。それから二言三言家のなかに声をかけて引き返してくる。お秋が戸口からちらりと顔をのぞかせたが、すぐに家のなかに引っ込んだ。

清兵衛は手代ふうの男が木戸口から出てきたときに立ちあがり、しばらく行ったところで声をかけた。

「何かご用で……」

手代ふうの男は清兵衛を見て少し表情をかためた。

「つかぬことを伺う。いまそなたはおたに殿の家から出てきたが、仕事であろうか？」

「はい、さようです。おたにさんに縫い仕事を頼んでいるんです」

「わたしは娘のお秋殿の縁談話を進めているのだが、あまり他言されたくないのでこのこと構えてこれで頼む」

清兵衛は口の前に指を立てた。

「それはよい話です。是非にもいい縁談であってほしいものです。あ、わたしは長沢町の仕立屋の使いですが、おたにさんにやってもらう下縫いは文句のつけようがないのです。へえ、お秋さんに縁談でございますか……」

仕立屋の男は口が軽かった。

「おたに殿は具合が悪いと聞いているが……」

「脚気《かっけ》を患って、もう長い間家にこもりきりです。ですが、母娘二人暮らしで、娘のお秋さんは嫁にも行かずおたにさんの面倒を見ているんです。夜は女中仕事をしながらですから、感心いたしております」

「脚気であったか。それは気の毒な」

「若い頃も苦労なさっていたそうですが、いい娘さんをお持ちで、それが何よりでしょう」

「おたに殿に亭主はいないのか？」

「それがよくわからないんです。まあ、聞いた話ですが……」

仕立屋の男は急に声をひそめ、

「若い頃はとあるお旗本のお屋敷に女中奉公されていたらしいのですが、そのときにできたのがお秋さんだという話です。あ、これは……」

そこまで話して、しまったという顔をした。

「なに、気にすることはない。縁談はお秋殿なのだ。他言はせぬ」

「へえ、何分にもよろしくお頼みいたします」

仕立屋の男はぺこぺこ頭を下げた。

「その旗本の屋敷というのはどこか存じておるか？」

「いえ、それは知りませんで……」

「さようか。呼び止めて悪かった」

清兵衛が詫びると、仕立屋の男は深く頭を下げて歩き去った。見送った清兵衛は、お秋の長屋を振り返り、

（さて、つぎは……）

と、亀島川の向こうに視線を投げた。

八

日が暮れるまでの間、清兵衛は杉岡九兵衛と瀬野小平太の主人である高島善右衛門について調べた。調べはそう難しくはなかった。

元同輩で旧知の間柄である大杉勘之助に頼むと、高島善右衛門のことはすぐにわかった。三千石の大身旗本でいまは寄合旗本。

勘之助はなぜそんなことを調べると聞いてきたが、清兵衛は気になっていることがあるだけだと言葉を濁した。

日が暮れて西の空がきれいな茜《あかね》色に染まり、江戸の町が翳ってくると、町人地には仕事帰りの職人や勤番侍たちの姿が路上に増えてくる。

清兵衛が越前堀にある「瓢亭」に足を運んだのは、夕闇が濃くなり料理屋の灯りがはっきりしてきた頃だった。

越前堀は福井藩松平越前守中屋敷の三方を囲んでいる堀のことをいう。堀幅は十三間ほどあり、小さな荷舟や猪牙《ちょき》が行き来する。暮れたいまは堀の水面は群青《ぐんじょう》の空に浮かぶ白い雲と、河岸道にある料理屋や居酒屋のあかりを映していた。

（たまにはよいだろう）

そんな気持ちで「瓢亭」の戸口に向かった。一流料理屋として有名で、その佇まいには趣がある。門口から戸口まで飛び石が敷かれ、そばの小庭に植えられた庭竹がゆるやかな風に揺れ、灯籠のあかりが通路の飛び石を照らしていた。

暖簾をくぐると、女中と女将が迎えてくれた。一見《いちげん》の清兵衛にも愛想よく接し、お待ち合わせでございますかと聞いてきた。

「一人であるが、かまわぬか……」

清兵衛は着流し姿だが、着物には折り目もついており、髪にもきれいな櫛目を通している。それにこういったとき清兵衛には、持って生まれた品のよさがにじみ出る。

「いっこうにかまいませぬ、どうぞご案内いたします」

女将が笑みを絶やさず小腰を折って先に立った。五十齢《よわい》の恰幅《かっぷく》のよい女だ。化粧は厚いが物腰は丁寧で嫌みがない。

小座敷に案内されて腰を落ち着ける。小窓があり、窓外に焚かれている蚊遣りの煙がかすかに臭ってきた。庭竹のこすれる乾いた音も心地よい。

「よい店だな。一度来てみたい店だったのだ」

「ありがとう存じます。女将の寿美《すみ》と申します。これを機にどうぞご贔屓のほどお願いいたします」

「桜木清兵衛と申す。わしは隠居の身分でな。毎日暇を持て余しておるのだ」

「まあ、お若いのにご隠居なさっていらっしゃるとは……」

寿美と名乗った女将は世辞を忘れぬ。

「酒を二合ばかりつけてもらおうか。料理のほうはお寿美殿にまかせる」

こういった店でけちってはならないというのは心得ている。手持ちは潤沢ではないが、たまには贅沢も悪くないと肚《はら》を括《くく》っている清兵衛だ。

しばらくして酒と料理が運ばれてきた。あらわれたのはお寿美ではなく、お秋だった。失礼いたしますと障子の外で手をつき酒と料理を運び入れた。清兵衛はその様子を静かに眺めていた。

着物はお仕着せだろうが、糊《のり》が利いている。懐に匂い袋を入れているらしく、その香りが鼻をくすぐった。近くで見ると目鼻立ちの整った器量よしだとよくわかる。

「名前は何という?」

声をかけるとお秋が顔を向けてきた。

澄んだ大きな黒い瞳。小さくまとまった唇は濡れたように光っていた。顔もそうだが、襟元や首筋から胸にかけてのぞく肌のきめが細かい。

「秋と申します。どうぞごゆっくりなさってください」

「うむ」

お秋は清兵衛に酌をしてから下がった。

（いい女だ）

年甲斐もなくそんなことを思った。

瀬野小平太の疑いが正しければ、用人の杉岡九兵衛はいい拾いものをしていることになる。それでも歳の差はどうであろうかと考える。

つぎに料理を運んできたのはまた別の女中だった。こちらは三十年増だったが、よく躾《しつ》けられているらしく客の応対にそつがない。

その女中が下がるときに、清兵衛は女将のお寿美を呼んでくれないかと頼んだ。

しばらくして障子の向こうから、

「桜木様、お呼びでございましょうか」

と、お寿美の声がした。

「うむ、入ってくれるか。少々伺いたいことがあるのだ。手間は取らせぬ」

声を返すと、お寿美がやわらかな笑みを浮かべて入ってきた。

「最前、わしは隠居だと話したが、じつは調べたいことがあってまいったのだ……」

清兵衛は酒で舌を湿らせてつづけた。

「その、女中にお秋というのがいるな」

「はい、よくはたらいてもらい助かっております」

「さっき料理を運んできてくれた。見れば見るほどいい娘だというのがわかった。向こうはわしのことは知らぬが、じつは縁談話があるのだ」

こういう口実は毒にはならないので構うことはない。清兵衛はこれまで数え切れないほど悪党を相手にしてきた過去がある。どんな強情な悪党でも清兵衛の訊問にかかれば、最後には音《ね》をあげありのままを白状したものだ。しかし、いま目の前にいるのは善良そうな料理屋の女将である。口の堅い商売人でも清兵衛の誘導にかかれば造作ない。

「お秋に縁談……」

お寿美はみはった目をしばたたいた。

「うむ。ここだけの話だ。お秋は知らぬことだ」

「それはよいお話だと思います。それで、相手の方はどんな方なんでしょうか?」

お寿美は乗ってきた。

「それはいまはいえぬが、ちょいと気になっていることがある。この店に杉岡九兵衛という侍客があるはずだが、その杉岡殿がお秋にちょっかいを出しているのではないかと、そんなことを小耳に挟んだのだ」

「ま、それは……」

お寿美は一旦驚き顔をしたあとで、口許に笑みを浮かべて頭《かぶり》を振った。

「とんだ誤解でございます」

「誤解……?」

「ええ、杉岡様はこの店を贔屓にしてくださっているお武家様でございますが、それにはいろいろとわけがあるんでございます」

お寿美は前置きするようなことをいって話をつづけた。

九

翌朝、清兵衛は朝餉はあとにすると安江に告げて自宅屋敷を出た。朝靄が消えた通りは閑散としているが、そろそろ職人らが仕事に出かけ、商家が暖簾をかけ、幕臣らが登城する時刻だ。

昨夜「瓢亭」の女将から話を聞くまでは、一度杉岡九兵衛に直接会って話を聞くことになるかもしれぬと考えていたが、その必要はなくなった。しかし、もう一度九兵衛の顔をしっかり見ておきたかった。

自宅から九兵衛の家まではさほどの距離ではない。この時刻ならまだ家を出ていないだろうと、清兵衛は考えていた。

本湊町から船松町一丁目に入る。九兵衛の家はすぐそばだ。板塀越しに家をのぞくと、雨戸が開け放され、玄関の戸も開いていた。庭にある木々の葉が朝日に輝き、どこかで鶯が鳴いていた。

九兵衛の家を横目に見ながら素通りすると、軽子橋をわたった先で立ち止まった。築地川の畔《ほとり》に幾本かの柳があり、川岸に誰かが置いた腰掛けがあった。清兵衛はそこに座って、青空を仰いで軽子橋に目をやる。一人の行商人が橋をわたってきて合引橋のほうへ歩き去った。魚屋の棒手振りだった。

腰掛けのそばにいくつかの鉢植えがあった。どれも南天だ。白い小花を咲かせ、その先端にも黄色い花が開いていた。普段なら見過ごす花だが、可憐だと思いつつ、昨夜酌をしてくれたお秋の顔を脳裏に浮かべながら、女将のお寿美から聞いた話を思い起こした。

小半刻ほどたったとき、中川修理大夫の屋敷の角から一人の男があらわれた。小袖に紋付きの羽織を着た二本差しの侍。背筋を伸ばし、視線をまっすぐ向けて歩いてくる。

中肉で上背がある。小さな髷に髪が薄く、小鬢が白かった。清兵衛は目を合わせないように九兵衛を観察した。肉厚の顔にある細い目はいかにも神経質そうだ。その目の下の皮膚が膨らみ垂れ、ぼってりした大きな口はいかにも強情そうである。

橋をわたると左に折れ、足並みを変えずに歩き去った。その背中に孤影の色が漂っているように見えるのは、清兵衛の勝手な思い込みかもしれない。

九兵衛を見送った清兵衛はゆっくり立ちあがり、

「さて、これからだな」

と、独り言を漏らして自宅に引き返した。

小平太は落ち着かなかった。朝餉も普段のようには喉を通らず、早々に食事の席を立ち、門長屋に引き返すと、いつものように庭の掃除をはじめた。明るい日差しが庭の木々を照らし、鳥たちが楽しそうにさえずっている。

桜木清兵衛に声をかけられ、用人の調べをまかせたが、果たしてそれでよかったのだろうかという不安が胸のうちに広がっていた。

桜木清兵衛は一見人品のよさそうな侍に見えたが、そのじつ騙されているのではないだろうかといやな胸騒ぎが収まらない。

箒《ほうき》で庭を掃きながら、桜木清兵衛とやり取りしたことを何度も思い返していた。見ず知らずの自分に声をかけてきて、代わりに用人のことを調べてやると桜木清兵衛はいったのだ。あのとき小平太には後ろめたさがあり、また桜木清兵衛の得もいわれぬ風格に気圧《けお》されていた。そのことを思うと、舌打ちをしたくなる。

白《しら》を切って逃げればよかったのだと、いまさらながらの後悔が胸のうちにある。

屋敷門の近くから「おはようございます」という声が聞こえてきた。小者が屋敷に通ってきた杉岡九兵衛に挨拶をしたのだった。

小平太もそちらを見て挨拶をした。九兵衛はちらりと視線を送ってきて、小さくうなずき玄関に消えた。いつもと変わらぬ様子である。

九兵衛の家に隠してあった金を一度持ち出しまた元に戻したが、気づかれたのではないかという危惧があった。しかし、九兵衛は何もいわずに玄関に消えた。

庭の掃除をひととおり終えようとしているとき、ふいに庭に面した広縁に九兵衛があらわれ、声をかけられた。小平太はどきっと心の臓を跳ねあげた。

「何でございましょう」

恐る恐る近づいて用人の顔を見る。いつものように無粋な顔つきである。しかし、まともにその顔を見るのが怖い。内心狼狽《うろた》えている自分に気づく。そのことを表に出さないように必死に堪えた。

「今日の夕刻、奥様がお出かけになる。供をしてくれるか」

「は、はい」

「汗をかく剣術の稽古は控えてもらう。汗臭い者を供にはつけられぬからな」

「承知いたしました」

九兵衛は返事をした小平太を短く見つめると、そのまま座敷奥に引っ込んだ。

もしや、九兵衛の家に忍び込んだことを知られ、咎め立てされるのではないかとひやひやしていたが、そうではなかった。小平太はほっと胸を撫で下ろしたが、普段とちがう九兵衛の様子に不気味さを感じた。

厩横にある物置に箒をしまったとき、はたと思うことがあった。

もしや、用人はあの桜木清兵衛とつながっているのではないかという考えが浮かんだのだ。もしそうなら、まんまと用人の罠に嵌《は》まっていることになる。

用人と桜木清兵衛がつながりがなくても、用人が桜木を雇い、自分の留守宅を見張らせていたのではないか。

（まさか、そんなことは……）

ない、と胸の内で否定するが、不安を払拭することはできない。

桜木清兵衛は自分が九兵衛の屋敷に忍び込んだのを知っている。そして、自分があの金子《きんす》を懐に入れたのを、雨戸の隙間からこっそりのぞいていたとしたら、自分は盗人になる。

いや待て。あのとき自分は雨戸に背を向けていた。家のなかは薄暗がりで、表から自分の手許を見ることはできなかったはずだ。のぞかれていたとしても、金を盗んだことは知られていない。だが、一昨日の別れ際に桜木清兵衛が口にしたことが気になる。

――杉岡殿の家に忍び込んだ折、何か盗んだりしてはおらぬだろうな。

なぜ、あんなことをいったのだ。おそらく疑っていたからだ。

(どうしたらよいのだ)

小平太は動揺していた。いまさらながら九兵衛の家に忍び込んだことを悔やんだ。たしかな証拠もなく白井春之助の推量を正しいと思い込み、安直な正義感を持ち出して用人を調べようとした自分は浅はかだったと思いもする。

盗みは死罪だ。そのことはよくわかっていた。しかし、おれは金を戻したので、盗んではおらぬ。それでも一度盗んでいるから、やはり盗みになるのか。

心の臓が震えてならない。庭の手入れや納屋の片づけをやって不安を打ち消そうとしたが、気もそぞろであった。

「瀬野さん、客人が見えています」

門番についている小者に声をかけられたのは、昼前のことだった。

「客人……?」

「桜木清兵衛という方です。門外でお待ちです」

小平太ははっと目をみはり、急いで表門の外に出た。桜木清兵衛が一昨日と同じ身なりで立っていた。口許に小さな笑みを浮かべ、涼しげな目で見てくる。

「長話はせぬが、少し暇をもらえるか？」

「はい。かまいませぬ。もしや、わかったのでございますか……」

心の臓がどきどきと脈打っていた。

「何もかもわかった」

清兵衛はそういうと、他人の耳を気にしてか、表門から少し離れたところまで行って立ち止まった。小平太も釣られたようについて行き、向かい合った。

十

「まず、そなたの推量である。ご用人の杉岡九兵衛殿が屋敷の金を横領しているということであるが、おそらくそんなことはないはずだ」

「…………」

小平太は生唾を呑んで目をみはる。

「それから、杉岡殿が『瓢亭』の女中お秋を目にかけているのはほんとうのことだ」

「やはり」

小平太は唇を噛んだ。

「目をかけているといっても杉岡殿に邪な気持ちはない。杉岡殿は清い人だ。そなたの穿《うが》った考えは間ちがいであった」

「ちがうとおっしゃるのですか……」

「知りたいか。知らねば、そなたの気持ちは収まらぬだろうな。わたしもどう話をすればよいか、あれこれ思案したが、これ以上の間ちがいを起こされては困るので何もかも打ち明けてしまうが、かまえて他言ならぬ。そう心得、おのれの胸にしっかりしまっておいてもらいたい。約束できるか？」

桜木清兵衛は真剣な目を向けてくる。

「約束いたします」

「お秋は殿様の娘だった」

「えっ……」

驚かずにはいられなかった。

お秋は母親のおたにと高島善右衛門の間にできた子だった。二十数年前、おたには高島家で女中奉公をしていた。その折、まだ若かった高島善右衛門に手をつけられ孕《はら》んだ。

善右衛門はそのままおたにを囲うつもりだったが、頑《かたく》なに断られ、あきらめた。しかし、何もしないわけにはいかない。手切れの金をわたし、娘の面倒を見ようとしたが、町人女でありながら気高いおたにはそれも断った。

善右衛門はそこまで拒まれるなら無理強いはできぬとあきらめた。しかし、あるときおたにが病に倒れ、体が思うように動かなくなったことを知った。それは娘のお秋が十八になったときだった。

善右衛門はその事情を知った手前、手を差し伸べずにはおれなくなった。しかし、再三自分の申し出を拒まれているので、他の方策を考えた。

ある日、善右衛門はお秋が「瓢亭」に勤めていると知ると、用人の杉岡九兵衛と店にやってきて、もしお秋とおたにに困ったことがあれば、万一の備えとしてこれをわたしてくれと女将のお寿美に金を託した。切り餅八つ。つまり二百両。

しかし、お寿美はそんな大金は預かれない。直接わたしてくれと断った。だが、善右衛門には自分の厚意が素直に受け入れられないのがわかっている。

ならばこうしようと、善右衛門はその場で九兵衛にその金を預け、ときどき店に通ってきて、お秋に心付けだといってわたしてくれと頼んだ。

「それ以来、杉岡殿は折々に『瓢亭』に通い、そのたびにお秋をそばにつけ相手をさせることになった。店を出るときには心付けをはずみ、ときに夜道は危ないからとお秋を送って行くこともあるそうだ」

「ま、まことに……」

「嘘ではない。それが真実だ。お秋を口説き自分の女にしようという考えなど、杉岡九兵衛殿には微塵《みじん》もないはずだ」

「そ、そうだったのですか……」

小平太は用人の家で見た切り餅を脳裏に浮かべ、あの金がそうだったのかと思った。

「それに、お秋は杉岡殿が高島家の用人だというのを知らない。金のあるお武家だと思い込んでいるらしい。だから心付けも素直に受け取っているという話であった」

「そんなこととは知らずに……」

小平太は唇を嚙んだ。

「杉岡九兵衛殿は高潔な人物のようだ。そなたはそんな杉岡殿からしばしばお小言をもらい、少々きつい口調で粗相を窘められるようだが、決して意地悪く虐《しいた》げられているのではないと思うのだ。そなたが杉岡殿を苦手に思い嫌うのは、そなたの受け止め方次第ではなかろうか。素直に耳を傾け、二度と同じ過ちを犯さぬように気をつければよいことではないかな。わたしは調べをしているうちにそう感じたのだが、どうであろうか……」

桜木清兵衛は穏やかな眼差しを向けてきた。人を包み込むぬくもりのある恩情も感じた。

小平太はおのれのしたことを心底恥じ入り、桜木清兵衛の気遣いに胸を熱くした。我知らず目頭に浮かぶものがあった。

「ありがとうございました。わたしは間ちがっていたのですね」

そういうと涙が頰を伝った。

「誰しも間ちがいを起こすことはある。されど、早まってはならぬ。よくよく考え分別を弁《わきま》えることだ」

「はい。あの……」

「何だね」

「どうして桜木様はわたしのためにこのようなことを……」

桜木清兵衛はふっとした笑みを口許に浮かべた。

「初めてそなたを見かけたときだ。そなたが杉岡殿を尾けていたときである。そなたは目を血走らせ、まわりに関心を払わず鬼気迫った顔をしていた。これは危ない、見境のないことをしそうだと心配になったからだ。ただ、それだけのことよ」

「そんな顔をしていましたか?」

「しておった。わたしにもそなたと同じ年頃の倅がいるので、どうにも放っておけなくなったのだ」

「それだけのことで、お骨折りくださったのですか」

また小平太は胸を熱くした。

「まあ、何事もなくてよかった。殿様にもご用人にもしっかり仕えることだ。いずれよいこともあろう。では、これで……」

桜木清兵衛はくるっと背を向け、そのまま振り返ることもせず歩き去った。

小平太はその背中をじっと見つめ、そして深々と頭を下げた。

(ありがとう存じます)

心のうちで礼を述べると、足許にぽとりと涙のしずくが落ちた。

清兵衛は小平太と別れると、そのまま築地川沿いの道を辿った。

「無事にすんでよかった」

思わず独り言が漏れた。日はまだ高い。このまま家に戻るのは早すぎる。

（さてさて、今日はどのあたりをめぐってみようか……）

清兵衛は陽光にきらめく築地川を眺めながら、いつものように散歩をはじめたが、はたと足を止め、

「しかし、あの娘……」

と、声を漏らし、お秋の顔を思い浮かべ、あの娘のことだからきっといい縁談がめぐってくるだろうと信じることにした。

この作品は文春文庫のために書き下ろされたものです。

DTP制作　エヴリ・シンク

文春文庫

武士《ぶし》の流儀《りゆうぎ》（九）

定価はカバーに表示してあります

2023年10月10日　第1刷

著　者　稲《いな》葉《ば》　稔《みのる》

発行者　大沼貴之

発行所　株式会社　文藝春秋

東京都千代田区紀尾井町 3-23　〒102-8008
TEL　03・3265・1211(代)
文藝春秋ホームページ　http://www.bunshun.co.jp

落丁、乱丁本は、お手数ですが小社製作部宛お送り下さい。送料小社負担でお取替致します。

印刷製本・大日本印刷

Printed in Japan
ISBN978-4-16-792111-8

（　）内は解説者。品切の節はご容赦下さい。

稲葉　稔
武士の流儀（一）
元は風烈廻りの与力の清兵衛は、倅に家督を譲っての若隠居生活。平穏が一番の毎日だが、若い侍が斬りつけられる現場に居合わせたことで、遺された友の手助けをすることになり……。
い-91-12

稲葉　稔
武士の流儀（二）
清兵衛がある日見かけたのは、若い頃に悪所で行き合った因縁の男・吾市だった。吾市の悪評に胸騒ぎを覚える清兵衛。やがて、織物屋のご隠居が怪我を負わされたと耳にして……。
い-91-13

上田秀人
奏者番陰記録
遠謀
奏者番に取り立てられた水野備後守はさらなる出世を目指し、松平伊豆守に服従する。そんな折、由井正雪の乱が起こり、備後守はその裏にある驚くべき陰謀に巻き込まれていく。
う-34-1

風野真知雄
耳袋秘帖
南町奉行と大凶寺
深川にある題経寺は正月におみくじを引いたら大凶ばかり、檀家は落ち目になり、墓をつくれば死人が化けて出る。近所の商人から相談された根岸も、さほどの事とは思わなかったのだが。
か-46-43

坂岡　真
火盗改しノ字組（三）
生か死か
「しノ字組」は極悪非道の凶賊「葵蜥蜴」を追うが尻尾すら摑めない。運四郎は一味の疑いがある口入屋に潜入するが、正体がばれ絶体絶命の危機に！　風雲急を告げるシリーズ第三弾。
さ-71-3

坂岡　真
火盗改しノ字組（四）
不倶戴天の敵
伊刈運四郎は、凄惨な押し込みを働く「六道の左銀次」を追う最中、女郎や大奥女中の不可解な失踪を知る。これも左銀次の仕業か？　「しノ字組」に最悪の危機が迫るシリーズ第四巻。
さ-71-4

千野隆司
出世商人《しゅっせあきんど》（一）
急逝した父が遺したのは、借財まみれの小さな艾屋《もぐさや》だった。跡を継ぎ、再建を志した文吉だったが、そこには商人としての大きな壁が待ち受けていた!?　書き下ろし新シリーズ第一弾。
ち-10-1

千野隆司
出世商人（二）
借財を遺し急逝した父の店を守る為、新薬の販売に奔走する文吉。しかし、その薬の効能の良さを知る商売敵から、悪辣な妨害が……。文吉は立派な商人になれるのか。シリーズ第二弾。
ち-10-2

鳥羽　亮
八丁堀「鬼彦組」激闘篇
奇怪な賊
大店に賊が押し入り番頭が殺され、大金が盗まれた。中からは厳重に戸締りされていて、完全密室状態だった。そしてまた別の店が——一体どうやって忍び込んだのか！　奴らは何者か？
と-26-15

鳥羽　亮
八丁堀「鬼彦組」激闘篇
福を呼ぶ賊
福猫小僧なる独り働きの盗人が、大店に忍び込み、挨拶代わりに招き猫の絵を置いていくという事件が立て続けに起きた。被害にあった店は以前より商売繁盛となるというのだが……。
と-26-16

藤井邦夫
恋女房　新・秋山久蔵御用控（一）
〝剃刀〟の異名を持つ南町奉行所吟味方与力・秋山久蔵が帰ってきた！　嫡男・大助が成長し、新たな手下も加わってスケールアップした、人気シリーズの第二幕が堂々スタート！
ふ-30-36

藤井邦夫
騙《かた》り屋《や》　新・秋山久蔵御用控（二）
可愛がっている孫に泣きつかれた呉服屋の隠居が金を用立ててやると、実はそれは騙りだった。どうやら年寄り相手に騙りを働く一味がいるらしい。久蔵たちは悪党どもを追い詰める！
ふ-30-37

藤原緋沙子
切り絵図屋清七
ふたり静
絵双紙本屋の「紀の字屋」を主人から譲られた浪人・清七郎は、人助けのために江戸の絵地図を刊行しようと思い立つ。人情味あふれる時代小説書下ろし新シリーズ誕生！　（縄田一男）
ふ-31-1

藤原緋沙子
岡っ引黒駒《くろこまの》吉蔵《きちぞう》
甲州出身、馬を自在に操る吉蔵が、江戸で岡っ引になり大活躍。ある日町を暴走する馬に飛び乗り、惨事を防ぐ。怪我人がいないか調べるうち、板前の仙太郎と出会うが……。新シリーズ！
ふ-31-7

（　）内は解説者　品切の節はご容赦下さい

（　）内は解説者。品切の節はご容赦下さい。

あさのあつこ
火群《ほむら》のごとく
兄を殺された林弥は剣の稽古の日々を送るが、家老の息子・透馬と出会い、政争と陰謀に巻き込まれる。小舞藩を舞台に少年の友情と成長を描く、著者の新たな代表作。（北上次郎）
あ-43-12

青山文平
白樫の樹の下で
田沼意次の時代から清廉な松平定信の息苦しい時代への過渡期。いまだ人を斬ったことのない貧乏御家人が名刀を手にしたとき、何かが起きる。第18回松本清張賞受賞作。（島内景二）
あ-64-1

青山文平
つまをめとらば
去った女、逝った妻……瞼に浮かぶ、獰猛なまでに美しい女たちの面影は男を惑わせる。江戸の町に乱れ咲く、男と女の性と業。女という圧倒的リアル！　直木賞受賞作。（瀧井朝世）
あ-64-3

朝井まかて
銀の猫
嫁ぎ先を離縁され「介抱人」として稼ぐお咲。年寄りたちに人生を教わる一方で、妾奉公を繰り返し身勝手に生きてきた、自分の母親を許せない。江戸の介護を描く傑作長編。（秋山香乃）
あ-81-1

朝松　健
血と炎の京《みやこ》
私本・応仁の乱
応仁の乱は地獄の戦さだった。花の都は縦横に走る塹壕で切り刻まれ、唐土の殺戮兵器が唸る。戦場を走る復讐鬼・道賢と、救いを希う日野富子を描く書下ろし歴史伝奇。田中芳樹氏推薦。
あ-85-1

井上ひさし
手鎖心中
材木問屋の若旦那、栄次郎は、絵草紙の人気作者になりたいと願うあまり馬鹿馬鹿しい騒ぎを起こし……歌舞伎化もされた直木賞受賞作。表題作ほか「江戸の夕立ち」を収録。（中村勘三郎）
い-3-28

井上ひさし
東慶寺花だより
離縁を望み決死の覚悟で鎌倉の「駆け込み寺」へ——女たちの事情、強さと家族の絆を軽やかに描いて胸に迫る涙と笑いの時代連作集。著者が十年をかけて紡いだ遺作。（長部日出雄）
い-3-32

余寒の雪
宇江佐真理
女剣士として身を立てることを夢見る知佐は、江戸で何かを見つけることができるのか。武士から町人まで人情を細やかに描く七篇。中山義秀文学賞受賞の傑作時代小説集。（中村彰彦）
う-11-4

繭と絆　富岡製糸場ものがたり
植松三十里
日本で最初の近代工場の誕生には、幕軍・彰義隊の上野での負け戦が関わっていた。日本を支えた富岡には隠された幕軍側の哀しい事情があった。世界遺産・富岡製糸場の誕生秘話。（田牧大和）
う-26-2

遠謀　奏者番陰記録
上田秀人
奏者番に取り立てられた水野備後守はさらなる出世を目指し、松平伊豆守に服従する。そんな折、由井正雪の乱が起こり、備後守はその裏にある驚くべき陰謀に巻き込まれていく。
う-34-1

剣樹抄
冲方　丁
父を殺され天涯孤独の了助は、若き水戸光國と出会う。異能の子どもたちを集めた幕府の隠密組織に加わり、江戸に火を放つ闇の組織を追う！　傑作時代エンターテインメント。（佐野元彦）
う-36-2

無用庵隠居修行
海老沢泰久
出世に汲々とする武士たちに嫌気が差した直参旗本・日向半兵衛は「無用庵」で隠居暮らしを始めるが、彼の腕を見込んで、難事件が次々と持ち込まれる。涙と笑いありの痛快時代小説。
え-4-15

平蔵の首
逢坂　剛・中　一弥　画
深編笠を深くかぶり決して正体を見せぬ平蔵。その豪腕におののきながらも不逞に暗躍する盗賊たち。まったく新しくハードボイルドに蘇った長谷川平蔵もの六編。（対談・佐々木　譲）
お-13-16

平蔵狩り
逢坂　剛・中　一弥　画
父だという「本所のへいぞう」を探すために、京から下ってきた女絵師。この女は平蔵の娘なのか。ハードボイルドの調べで描く、新たなる鬼平の貌。吉川英治文学賞受賞。（対談・諸田玲子）
お-13-17

文春文庫　最新刊

孔丘 上下　宮城谷昌光
徳で民を治めようとした儒教の祖の生涯を描く大河小説

剣樹抄　不動智の章　冲方丁
父の仇討ちを止められた了助は…時代課報活劇第二弾！

銀齢探偵社 静おばあちゃんと要介護探偵2　中山七里
元裁判官と財界のドンの老老コンビが難事件を解決する

ばにらさま　山本文緒
恋人は白くて冷たいアイスのような…戦慄と魅力の6編

武士の流儀（九）　稲葉稔
子連れで家を出たおのり。しかし、息子が姿を消して…

俠飯《おとこめし》9 ヤバウマ歌舞伎町篇　福澤徹三
求人広告は半グレ集団の罠で…悪を倒して、飯を食う！

田舎のポルシェ　篠田節子
台風が迫る日本を軽トラで走る。スリルと感動の中篇集

鎌倉署・小笠原亜澄の事件簿 極楽寺逍遥　鳴神響一
謎多き絵画に隠された悲しき物語に亜澄と元哉が挑む！

げいさい　会田誠
気鋭の現代美術家が描く芸大志望の青年の美大青春物語

むすめの祝い膳 煮売屋お雅 味ばなし　宮本紀子
長屋の娘たちのためにお雅は「旭屋」で雛祭りをひらく

マスクは踊る　東海林さだお
生き恥をマスクで隠す令和の世相にさだおの鋭い目が…

ふたつの時間、ふたりの自分　柚月裕子
デビューから現在まで各紙誌で書かれたエッセイを一冊に

自選作品集 **海《わだつみ》の魚鱗宮《いろこのみや》**　山岸凉子
レジェンド漫画家が描く、恐ろしくて哀しい犯罪の数々

精選女性随筆集　森茉莉　吉屋信子　小池真理子選
豊穣な想像力、優れた観察眼…対照的な二人の名随筆集

僕が死んだあの森　ピエール・ルメートル　橘明美訳
六歳の子を殺害し森に隠した少年の人生は段々と狂い…